数青梅

胡弃暗 著

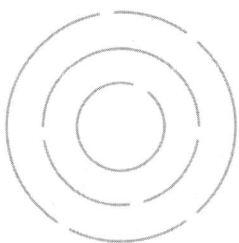

北京出版集团公司
北京十月文艺出版社

新经典文化股份有限公司
www.readinglife.com
出　品

目 录

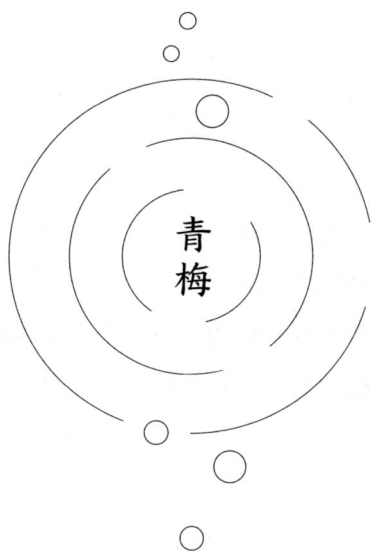

青梅

1

腊八一过，就该准备年事了。因为儿子同媳妇闹僵了，茂川妈一点办年货的心情都没有。

打露露冲出院门跑回娘家那天起，茂川妈的心脏就一直吊在喉咙口，生怕露露年轻不知轻重，一个冲动把肚皮里的小孩给拿掉。好容易盼来的孙子要是没了，她可怎么向死掉的老头子交代啊。

好在昨晚，经她连哄带骂横劝竖劝，茂川总算点了头，答应今天一早就去高家堡，给他丈人一家赔礼道歉，哪怕挨上舅子高鸣一顿胖揍，也要把露露接回来过年，否则又得给左邻右舍笑话死。

茂川这孩子就这一点好，答应下的事情，即使心里一百个不情愿，也会尽力去做的。

站在正屋廊檐底下，目送儿子骑着摩托车消失在院门外的东西大路上，茂川妈顿时感觉心口松活了好多，仿佛太阳升起来了，河面的冰层开始融化了。

她下意识地望了望天。今天天气相当不错，一缕云也没有，天空蓝得胀眼睛，太阳圆滚滚、红艳艳的，像口烧得正旺的黄铜炭盆，伸伸手就能触到它散发的热浪。她立马振作起精神，决定吃完早饭就开始张罗年货。

灶屋间门朝东，茂川妈坐在门槛上灌香肠，想象午后茂川领着露露回来时的情景，不禁有些局促，但主要还是欢喜。今后一定要待露露更和气点，不过也不能太放在脸上。

这样想着，她难为情起来，面孔热烘烘的，依稀听见两声喜鹊叫，好像就在院子角落这株枣树上。抬头望过去，光秃秃的枝丫上，只挂着个塑料袋，并没有任何鸟雀的影子。

她感到有东西在眼前晃，伸手一拂，原来是只小蜘蛛，从她头发上缒下来，这会儿顺势爬上了她的手背。

她的心口又是一热，不由得自言自语："这不是喜蛛吗？看来茂川这趟蛮顺当的。"

她没动它，怜惜地望着它沿衣袖往上爬，直到它消失不见，才起身进了灶屋间。

午饭后，青梅送美娜去幼儿园，照例绕了个大圈子。她可不想打茂川家门前经过，遇见他妈。

回到自家坐东朝西的小屋门口时，公公德深正从北面的正屋出来，手里提着钓竿、竹篓和蚯蚓罐。这么好的天气，他自然是要去钓鱼的。

走过她旁边，他的步子慢下来。她以为他要说点什么，就没急着进屋，侧身冲他礼貌地笑了笑。

他像个深沉的哲学家似的，含义不明地望着她，抿了抿嘴，点了下头，径直走了。

她在心底冷笑了一声，进屋把煤球炉拎出来，打开风门，准备烧水洗头。逢到好天气，她总是要洗头的。

洗完头，她在后颈上围了条白白胖胖的干毛巾，搬了张高背椅子到门外，背对太阳坐下，让太阳吮吸头发里的水分，然后拿出手机来看。

从昨晚到上午，茂川陆续给她发了十几条信息，她一直忍着没看，更没回。

她看见最后一条是"你再不说话我真去接她回来了"，瞬间失去了往上翻的兴趣，就像急于甩掉一件脏东西似的，一股脑儿全删了。

"关我鸡毛事！"她的心头泛起了滔滔的嫌恶感，起身进了屋，把手机扔餐桌上，到里间取了小镜子和小剪刀，又回到门外的椅子上，边晒头发边修眉毛。半干的头发披散在椅背后头，乱蓬蓬的，微微卷曲，像一片早春的树林，仿佛随时会绽放出粉的白的花瓣来。

五脏六腑中像有许多虱子在爬，令她浑身难受，连眉毛也修不像样了，索性停了手，缩起腿脚，整个人蜷在椅子上，闭拢眼睛，让自己躲进被阳光熏暖的发香里。这是一个只有她自己进得去的隐秘世界，除了暖而酥的香气，别无他物。

正屋廊檐底下，茂川妈坐在一张小板凳上，弯腰搓洗满满一盆衣服，眼睛不时瞟向院门外。太阳偏西了，茂川小两口应该在回来路上了。

村支书桂华一阵风似的刮了进来，着急忙慌的神情不像她平常的风格。

茂川妈喉咙一紧，巴结地望着她笑，正要客气几句，问她中饭吃过没有之类的，她先开腔了："茂川妈，村委会刚刚接到一个消息，你要有思想准备。"

茂川妈没听懂她的意思，只好维持着巴结的笑。

"茂川没了，卡车撞的，大约半小时前的事。"

茂川妈的笑僵在面皮上，不由自主地立起身，生了冻疮的手指肥嘟嘟的，经肥皂水一泡，像两把腌过的胡萝卜，垂在空气中微微颤动，指间残留的肥皂水直往裤管上滴。

"夫妻两个一道被撞的，摩托车飞出去几十丈，两个都是当场身亡。"

"马上过年了，不作兴拿人寻开心的。"茂川妈挤出一丝笑。

"哪个开这种绝八代的玩笑呢！"桂华涨红了脸，"警察通过摩托车的牌照，查到茂川是我们村的，联系不上你们家的人，就把电话打到了村委会。"

茂川妈感到一阵眩晕。她定了定神说："不止两个，肚皮里还有一个呢。"

"现在说这个干吗呢？"桂华皱起眉头，甩手指着某个方向，"遗体已经拉到城北医院的太平间了，要不要喊他大伯一道去领回来？"

茂川妈不吭声，呆立了一会儿，忽然直直地朝前走，一只脚踏在木盆里，灌了一棉鞋肥皂水，继续朝前走，径自出了院门右转向西。

桂华摸不着头脑了。茂川大伯桂昌家明明在东边。

青梅蜷在太阳下的椅子上盹着了。她感觉自己渐渐失去了体重，变成了一只水母，一张一翕地浮向水面，接着变成了一片蒲公英，向着蓝色天鹅绒似的天空飞升。她沉浸在无以名状的欢欣之中。

这时茂川妈出现了，猛地将她从半空中拽下来，揪住头发就朝红砖墙上磕她的脑袋。咚咚咚，咚咚咚，连续的闷响，却一点也不痛。

一定又在做梦吧，她想，好好的一场梦，又做成了噩梦，真扫兴。

"你这是干吗？快点放开她！"一路跟来的桂华抢上前几步，使劲拉拽茂川妈的胳膊。

茂川妈不言语，也不松手，五根胖胖的手指死死抠在青梅头发缝里，指节处的冻疮擦破了皮，紫红色的脓血粘在青梅的发丝上。青梅侧弯着上半身，还手也不是，求饶也不是，羞耻感窒息了她的意识。

几个邻居见状，陆续过来帮忙，好容易才把两人分开了。茂川妈整个身体绷得像张满弦的弓，一松手就要再朝青梅扑过去，大家只得一直摁着她。

双方都不吭声，桂华也不便解释什么。虽说茂川跟青梅的事情，大家心里都有数，但对今天这一出，还是一头雾水。

桂华叮嘱大家千万不可撒手，自己匆匆跑进正屋，去寻青梅的公公德深出来解劝。

德深走到门口，站住了，远远瞟了一眼，又转身进屋，给当副镇长的德江打电话。

德江随即给茂川大伯桂昌打电话。

桂昌一百个不情愿，但碍于德江的身份，还是硬着头皮赶了过来，好说歹说拉走了弟媳妇。

这时，大家已从桂华嘴里听说了茂川一家三口车祸遇难的消息，就都跟到茂川家去帮忙出主意。

青梅的小屋外只剩了青梅自己。

她披头散发靠墙蹲着，感觉五脏六腑喜怒哀乐全被掏空了。

煤球炉上的水壶又开了，壶嘴突突喷着白汽，发出刺耳的啸叫。

她闻见了头发里的血腥味，打算重洗一次，却努不出力气站起来。

阳光淡弱了，空气中浮游着丝丝凉意。

德深走出正屋，来到青梅跟前，替她把开水灌了，过后说："我去接美娜吧。"

2

晚上临睡前，青梅蹲在青砖地上给美娜洗脚。

双手插入热水的瞬间，她的心口猛然一阵酸胀，眼泪止不住大颗大颗掉进脚盆。

狭窄的小屋灯光昏暗，像是漂在江心的一条小船，给了她一种异样的安全感，让她敢于将悲伤释放出来，也不知是为自己还是为旁人。

美娜摸摸她的额头问："妈妈，这儿怎么青了？"

青梅摇摇头笑道："水不热了。"忙为她擦干脚，把她抱进了被窝。

茂川最后一次钻进这个被窝，是在一个礼拜前的下午。

那也是他们最后一次见面，闹得很不开心。

青梅正俯在床前换被套，身后传来脚步声，转头看时，茂川已在几步之外站定了，肩膀往墙上一靠，嬉皮笑脸地说："算到我要来，换新被套。"

青梅轻哼了一声，没搭荏，继续俯身料理被子。

茂川忽然一个箭步冲上来，半跪在地上，紧紧搂住她的双腿，隔着柔软的浅咖色灯芯绒长裤亲吻她的臀部。

她感到小腹一热，咽了口吐沫，连忙挣开逃到外间。

他紧跟过来，再次半跪下，揽住她的腰，把头埋向她的胸口，鼻梁隔着粉色针织衫磨蹭她的乳房。

她犹豫了片刻，用力推开了他。

"你想干什么？"他面露愠色，凶巴巴地说。

"你想干什么？"她也让内心的反感浮上脸面。

他会错了意，霍然转身，往卧室走，边走边脱衣服，扔得满地都是，最后他光着身子躺进了她新换的被窝。

她气鼓鼓地追上几步，站在卧室门框下，哭笑不得地瞪着他。

"我想回到从前跟你好的时候。"他说。

"绝对不可能了。"她说，"你要我说多少遍？你是有家室的人了，我们之间不会再有任何瓜葛！"

"那德江呢？他没老婆吗？他还比我老那么多！你口味真他妈重！"他掀开被子坐起来，挑衅地逼视着她。

她气得浑身哆嗦，四下里看看，想找样物件去撵他，没找着，便用手指着他说："你给我滚出去，永远别让我再看见你！"

"我就不滚。"他又躺平了，裹紧被子，转身背对着她。

"那我去喊你怀着孩子的老婆来请你走！"说完，她扭头出了屋。

他听出她是动了真气，只得爬出被窝，迅速穿好衣服，离开她的屋子。

她就站在屋外等着。

他的眼睛红通通的，仿佛要喷出火来烧了她。

他恨恨地走了。

她没有一丝悔意，满腔都是快意，像从苦寒之地跋涉千里回到家，泡了一个长长的热水澡，心壁上坚厚的积垢终于脱落了。

然而，在得知他死讯的这天夜里，她开始可怜他，可怜又不知不觉变成了渴念。

她后悔那天下午没有给他。这是他的一个遗憾，现在也成了她的了。

有多久没有认真碰触他的身体了？总有一年了吧。身体渐渐陌生，感情上的依恋也随之淡漠了。

谁料一个永久隔绝的宣告，却霎时唤醒了所有感觉，使她相信他和她是天地间最亲密的一对，是被全人类放逐到极地的一对罪囚。如今只剩了她一个。

她渴望变成他的焚尸炉，让他的身体化在她的身体里，让他的灵魂化在她的灵魂里。

她被渴念点燃了，成了一团烈火，一座火焰山。一层层热浪袭上她的面颊，向她的四肢扩散，钻进她的小腹深处。不知过了多久，才慢慢冷却下来。

跟茂川走到这一步，是出乎青梅意料之外的。

"十八岁我就不相信爱情了。"有一次，她枕着他的胳膊笑道，"你没听过歌里唱的吗？红尘多可笑，痴情最无聊。"

她并非言不由衷。那一年，二娃削铁如泥地摧毁了她对爱情的幻想，同时终结了她的少女时代。

即使有了同床共枕的关系，她依然相信自己和茂川之间并不存在爱情。不过是偶尔越界的友谊罢了。她只是需要个人说说话。他只是需要个女人。

茂川爸下世早，茂川妈拉扯着茂川、茂清两兄妹讨生活，家里光景一向吃紧。

茂清初中没毕业，就进了邻村的塑料厂。茂川坚持念到高二，成绩始终中游偏下，估摸着考大学希望渺茫，也辍了学，因为喜欢汽车，托副镇长德江介绍，到镇上唯一的修车店做了学徒，出师后就留在店里，一直工作至今。镇子地处三县交界，街狭人稀，开车的寥寥无几，店里生意一向不咸不淡，一个礼拜总有一半的天数不开张，茂川连镇上都不用去，整日在村上晃来晃去，能挣几个钱可想而知。潘驴邓小闲，他就有个闲。

青梅在村上是不受待见的，来了五六年了，一个小姐妹都没交到。倒不单纯因为她是外地人。村上的重庆女人，除了她还有好几个，都融入得挺顺当，连乡音都改得差不多了。

怪就怪她模样细气，水色好，身段子苗条，走起路来风吹杨柳摇，说话声音也娇。村上的女人们嘴上不讲，心里都拿她当潜在的情敌。那几个同乡，大概是为了划清界限吧，更是有意疏远她。

那年春节前，桂春刚把她带回来，村上的男青年们，成了家的，没成家的，有事没事都爱往他们屋里跑（那时他们还住正屋），名义上是来找桂春掼蛋搓麻炸金花，实际上各自心里都有数，不过是想趁机跟她调调情，吃吃她的豆腐。

有几个她在西安就认识，老相熟了，但是到了桂春的家乡，此一时也彼一时也，她决定表现得矜持些，所以故意木知木觉，对每个人都礼貌而冷淡，尽可能少搭茬儿，让他们没机会人来疯。

其实也就新鲜了半个来月的样子，等到开过年，正式摆了结婚酒席，紧接着出了那件丑事，桂春明显流露出拒客的意思，这些人也就识相，不大上门了。

对茂川，青梅起初并没有特别的印象，他只是蜂拥而至的男青年中的一个，其貌不扬，话也不多，总是笑嘻嘻地站在、坐在、靠在角落里，像个多余的配角。——就这，也是后来青梅努力回忆，才回忆起来的形象。

春深日暖，村上别的男青年，包括桂春、桂荣兄弟俩，前脚后脚外出打工去了，青梅这才注意到了茂川这个人。这是很自然的，因为他成了她这间小屋的稀客兼常客，每个礼拜总要来盘桓个三四趟，像教徒望弥撒做礼拜一样规律。

起初茂川还比较腼腆，来了不过是门里门外晃两圈，支支吾吾寒暄几句，就像无所事事的邻居日常串门子的样子，倒也不至于给人居心叵测的联想。

因为远的近的种种荒唐可怕的事情，青梅对茂川这种血气方刚的小伙子是有抵触情绪的，可毕竟是左邻右舍的，总不能禁止人家来串门，加上论起辈分，茂川要喊她婶婶的，年龄也比她小些，她就没往男女方面想，自然也就没存太深的戒心。

几个月下来，茂川渐渐健谈起来，自己的生活、热播的剧集、网上的新闻和段子、街面上的事情……想到什么讲什么。

青梅的兴致不知不觉被吊了起来。独在异乡为异客，日子终究是寂寞的，何况是她这样尴尬的处境。有这么个人常来谈谈扯扯，解解郁闷，未尝不是一种慰藉。她当然看得出他对自己有意思，但有辈分这堵墙竖在中间，谅他也不敢不规矩。

寒来暑往，他们成了村里一对默契的"聊友"。除了春节前后桂春在家期间，茂川的大多数白天都消磨在青梅这间小屋里。

有时进屋之前，或者从屋里出来，难免会碰上青梅的公公德深，茂川就局促地冲他笑笑，客客气气地喊一声"德深大爷"，然后赶紧钻进屋，或者逃走，让他来不及问自己话。

有一回，终于被德深给叫住了。

"茂川啊，你跑得跟飞毛腿一样做啥？怕德深大爷咬你鸡巴啊？"德深笑眯眯地说，"修车子不忙吗，成天在村上荡？"

"店里没啥生意，三天打鱼两天晒网。"茂川老老实实回答。

"噢，你青梅婶子现在要带小孩了，带小孩可不能三天打鱼两天晒网，哪有那么多闲工夫跟你扯淡！以后少来啰唆她，听见没有？"

茂川红了脸，点头如捣蒜，但过两天又故态复萌。德深也拿他没办法，只是下次碰见，他再跟自己打招呼，就不搭理他，以沉默表示失望、表示藐视。茂川倒是乐得这样。

熟到一定程度，聊天就没那么多顾忌了，有时难免会越界，很难分辨是有意还是无意。

一天晌午，青梅刚掩了门奶孩子，茂川大刺刺推门进来。

青梅忙侧转身去，嗔道："人家这里正喂孩子吃奶呢，你一个小伙子横冲直撞跑进来，不大礼貌吧？还不赶紧给我出去！"

茂川愣了片刻，笑道："我是算准了你这会儿要喂奶，所以特地来参观的。"

青梅也笑道："脸皮可真厚！你叫美娜一声姐，我让她分你两口。"

茂川真就叫了声"美娜姐"，跟着作势扑过来。

青梅一惊，乳头从美娜嘴里跳了出来，湿漉漉的，红艳饱满，像颗新洗的蛇莓。

茂川匆匆一瞥，慌忙转身窜出屋去。

突如其来的安静扰乱了室内的气压，青梅感觉浑身胀胀的，喘不上气来，头脑一片空白。

再见面，都故意不提这茬儿，只当没发生过。

银杏成熟的季节，暑热未消，美娜被送去了东庄的幼儿园，青梅正歇午觉，茂川轻手轻脚推开虚掩的门，走进起居间，透过水晶门帘向里间张望，只见青梅侧卧在垫着竹席的床上，半弯着腿，自胸及膝搭着条提花棉毯，床前一张高脚方凳上，台扇呼呼地摇着头，吹到头发，头发飘拂，吹到衣裙，裙角飞扬，好像都想从她身上挣脱似的。

茂川踟蹰了一会儿，又轻手轻脚朝大门走去，准备悄悄离开，却听见背后扑哧一笑。

回头，见青梅已坐在床沿上，浅紫色镶蕾丝边的宽松睡裙被风吹得紧贴肌肤，将她柔美的体态勾勒得如同起伏的丘陵。

"做贼么，偷偷地来了又偷偷地走？"

茂川口干得厉害，无言以对。

"今天又没事做？"

"电视上刚放完两集《神雕侠侣》，这会儿在卖补肾的药。"茂川忽然笑道，"你觉得杨过跟小龙女能一块儿过到老吗？"

"你还真无聊哎，想这种小姑娘才想的问题。"

"你知道我为什么一直没有女朋友吗？"

"找不到呗，没人看得上你。"青梅趿上拖鞋，打起水晶门帘，到外间倒凉开水喝。

"不是。"茂川凑到她跟前轻声说，"是为了你。"

青梅没作声。窗外的知了似乎叫得更卖力了，听得她心烦意乱。

她又打起门帘回到卧室，窸窸窣窣不知在做什么，过了半晌才冷笑道："你今天的笑话不好笑。小伙子，你可以走了。"

稀里哗啦一阵嘈杂，水晶门帘甩在她手臂上，细碎的清凉，触及她滚烫的肌肤，发出轻微的噼噼声。

她还没回过神来，已被茂川压伏在床上，紧跟着，一股刚劲的热浪自下而上穿透了她的身体。

她一阵眩晕，仿佛从高空坠落，四周一片空茫，只有气流肆意飞旋。

她感到体内某些锈死的零件松脱了，长久的郁结瞬间疏通了，自己也变成了气流的一部分，轻盈而透明，没有固定的形状，下坠、飞旋、缠绕，遇见山就是山，遇见树就是树，包裹一切，容纳一切，接着轰然一记重击，整个人急剧收缩，收缩到极限，像一朵完全绽放的花朵恢复到蓓蕾的状态，随即又在刹那间膨胀、崩析，碎成粉末，碎成原子，均匀地散落在大地上，渗入大地的肌理，最后从地壳深处透出一声悠长的叹息。

他整个地软在她背上，如同覆盖着一张兽皮。

"原来你也想要啊。"他咬着她的耳垂赞叹道，"我们浪费了多少时间啊！"

她起了一阵反感，像麦芒从心底长出来，想要掀开他，却一丝力气也使不上来，又不由得合上了眼睛，细细感受他粗纤维的嘴唇摩擦自己的脖颈。

然后他们又重复了一次。

"你挺有经验啊。"她故意用奚落的口气说。

"理论还是有一点的。"他讪笑道，羞涩而自得，"没想到真能管用。"

她转过身去，背对着他。"你快走吧，再也别来了。"

这回自然是言不由衷的。

她知道，男女的事情，只要开了头，就像原始森林失了火，不烧到满山灰烬，是扑不灭的。

她感到异常的羞耻，不只是因为顺从了他的侵犯，更因为她发现自己的确想要，想要这个自己不愿意也不可能爱上的乏善可陈的小男人，并且被他看穿了。

她当然不可能次次都顺从他，三次当中总有两次是拒绝的，他试图用强也没用，但这反而越发刺激了他对她的占有欲，将他牢牢地吸附在她的磁场中。

每当得遂所愿，他都竭尽所能，带着强烈的恐惧，生怕是最后一次。他的卖力表现也给了她巨大的满足，不单单是身体上的持久战栗，还包括某种精神上的胜利。

另一方面，尽管桂春配不上她的忠贞，但身为人妻的道德义务，她不可能完全卸下。

每次跟茂川同床共枕，自然都会锁上门关上窗拉上窗帘，可有一次，她在茂川身下睁开眼的瞬间，蓦然察觉到，映在穿衣镜里的窗帘背后掖着一个人影。她猛地推开茂川坐起来，那人影便一晃而逝。

茂川茫然地望着她。

"窗外有人。"她果断地说，"是我公公。"

茂川慌忙跳下床，奔到大门背后，把门拉开一条缝，朝外面张了张，什么也没瞧见，然而腿肚子抽筋，已不敢钻回被窝里了。

"下次不敢来了吧？"青梅揶揄道。

自然不可能就此打住。男人最无畏的战场是女人的床。

从那以后，每当两人缱绻交缠之际，青梅就总感觉窗帘外面有人窥视。不过，这却给了她一种新的刺激，轻微的紧张令她的身体变得越发敏感，每一寸敏感又都化为了快感。

她没再对茂川提起这茬儿，直到那个落雪的下午。

3

茂川妈被这场变故彻底击倒了。几个近亲聚在一块儿，商量茂川夫妇的后事该怎么办。不论别人说什么，她都恍恍惚惚地点头，眼泪流个不住，在瘦削的面颊上冲出了两道沟。

露露的哥哥高鸣一向是最有主意的，这次自然又成了主心骨。

"头一步，不是定火葬的日子，而是去找对方谈判，要赔偿。赔偿金不到位，遗体不能动。"

茂川大伯桂昌不赞成高鸣的意见。死者为大嘛，先把死者体体面面发送掉，让他们安安生生转世投胎，赔偿的事情可以慢慢谈，又跑不掉。

但他同死者的关系比之高鸣终究隔了一层，加上他对高鸣的脾气多少有些忌惮，因此奔到嘴边的话又咽了下去，只说："你年纪轻，见过的世面又广，这个事情还是要你牵头去办。"说着将视线从高鸣脸上移向茂川妈脸上。

茂川妈压根儿没把他们的话听进去，见桂昌朝自己望过来，连忙快速点了几下头，像汽车急刹那样抖了抖。

高鸣霍地站起身，边朝门外走边说："等我消息。"

撞飞茂川两口子的卡车属于城北的巨力水泥厂，当时正在送货途中，驾驶员正巧是老板的堂房兄弟。

打听到是这么个情况，高鸣判断事情比较好办。

他没去驾驶员家，而是直奔巨力水泥厂，找老板交涉。

老板没露面，派了个姓刘的副总出来表态，愿意按一个人十万块的标准，给死者家属二十万抚恤金。

高鸣当场拒绝。

"我懂点法律的，按照目前的行情，开车撞死个人，七七八八算下来，起码得赔一百万，你们一口气撞死了三个，一百万乘以三等于三百万，对，你们起码得赔三百万。"他撇了撇嘴，"二十万？你们当是撞死了两只兔子啊！"

"你要搞搞清楚。"刘总黑着脸说，"是死者自己闯红灯引起的事故，我们是一丝一毫责任也没有的，不找你们赔修车子的费用和驾驶员的精神损失费，反而主动给你们二十万，已经是天大的仁义了！我们驾驶员受到了严重的惊吓，到现在还没缓过神来呢！你还跟我们讨价还价，狮子大开口……小伙子，做人要讲点良心！二十万，听清楚，不是赔偿金，是抚恤金，人道主义援助性质的，你要就要，不要拉倒！"

高鸣怒不可遏，决定给巨力水泥厂点颜色看看。

他的计划先将茂川大伯桂昌吓了个趔趄。

"把遗体从太平间弄出来，租两口冰棺摆进去，拉到水泥厂大门口，往那儿一搁，再喊上几十个人去闹，声势一起来，他们不光生意做不成了，名声也要受影响，不怕他们不答应。"

"你这一记辣手的。"桂昌说，"从哪儿去找几十个人呢？"

"市里劳务市场门口，每天黑压压一大片蹲着呢。每个人一百块钱一天，要多少有多少。"高鸣转脸对茂川妈说，"雇人、租冰棺、租拉人的中巴车，样样要用钱，家里有没有万把块钱？先垫一下吧。"

茂川妈没出声，抹了抹眼泪，进房取了本存折出来，交到高鸣手上说："我的身份证夹在里头，你自己到镇上去取吧。"

高鸣正要出门，桂昌提醒道："能省尽量省点吧。"

高鸣止了步，想了想，回过头来说："那就租一口冰棺，只把茂川一个人拉过去吧。"

高鸣回到高家堡，召集了十几个男人——大部分是留守老人，也有两个正好闲在家里的青壮年，其中一个是他堂兄——答应给他每人五十块的"助阵费"；又租了一部中巴、一口包运输的冰棺；扯了一匹白布，用黑漆刷上一行字："黑心企业丧心病狂草奸人命当狗赔偿（奸字系别字）！"第二天一早，直奔城北医院去拉茂川的遗体。

到了巨力水泥厂正门前，高鸣吩咐大家将装遗体的冰棺抬下车，横摆在主入口自动伸缩门中央，接着指挥驾驶员将拉活人的中巴和拉遗体的加长面包车首尾接龙停在边上，堵住汽车出入的通道，然后将白布黑字的横幅拉直，悬挂在大巴窗外朝马路的一侧。

"来来来，大家都站冰棺旁边。用不了多久，老板就会露面的。老板不露面，那个姓刘的副总也会露面。"高鸣说，"如果保安过来劝我们、赶我们，不要睬。他们就是做做样子，心里巴不得老板出洋相呢，不会真把我们怎么样的。"

大家依言守着冰棺，一会儿站，一会儿蹲，呼呼的北风刮鱼鳞似的刮在脸上。

熬了一个多钟头，厂里没有任何动静，保安只在开始时出来睃了一眼，返回值班室打了个电话，再没有进一步的动作。

偶尔有几个过路人，朝这边惊惶地一瞥，忙远远地绕着走，没一个过来围观打听的。

十几个弟兄都瞅着高鸣，像一窝雏鸟瞅着鸟妈妈的嘴巴，盼着里面吐点吃的出来。

高鸣没料到会出现这样的局面，只好叫大家先回车上休息，喝点热水吃点干粮什么的，自己守着冰棺琢磨对策。

冰棺蒙了层油腻的灰尘，但总的来说还是透明的。

茂川安静地平躺在里面，四肢齐全，断掉的骨头、破裂的脏器都包裹在衣服底下，看不出来。唯一触目的是左面颊上又长又深又分叉的裂口，比合着的嘴巴还大些，血垢倒是被医院的护工清理掉了。由于已经摆了几天，面皮灰黑发青，略有些浮肿，像块蒸老了的荞麦馒头。

高鸣见茂川一副事不关己的架势，忽然异常恼火，恨不得掀掉棺盖，赏他两记耳光，再踹他几脚。

"一切的一切，都是这狗日的搞出来的，害得露露给他做了陪葬，现在我也跟着出洋相！"他恨恨地想道。

太阳已转到了南面，因为风大，空气依然阴冷刺骨，但透明的冰棺风进不去，里面的温度正急遽升高，又不可能跟水泥厂的保安商量一下，从他们值班室牵根电线出来，给冰棺接上电制冷。

"这狗日的会臭掉的！"高鸣心口一沉，忙冲上中巴，准备喊几个人跟自己去附近的河边砸冰，搬些冰块回来放进冰棺，把遗体冰镇住。

"千万别！"堂兄拦阻道，"用不了半个钟头，冰就会全化掉，到时候冰棺就会变成一口鱼缸，他就变成一条死鱼了！"

高鸣采纳了他的建议，租了台小型柴油发电机过来，为冰棺制冷供电。

发电机噪音太大，除了死人，一般人在边上待不住，所以，高鸣去给大家买了盒饭回来，就也坐进了中巴。

吃完饭，大家边抽烟边闲聊，时间似乎不那么难熬了。后来有人从兜里掏出两副扑克，大家就拢到一块儿玩起了炸金花，完全忘记了时间。

只有高鸣没有玩牌的心情。他独自坐在离车门最近的座位上，遥望着太阳在车窗外渐渐偏西，说不出的焦躁。

大约下午三点钟模样，终于出来了一个保安，远远地冲高鸣招手。

高鸣如同接到了领奖通知，毫不迟疑地奔下车去。

保安通知他，刘副总请他进去一趟。

他熟门熟路地朝刘副总办公室的方向疾走，刚刚进入办公楼大厅，发现刘总已站在那儿等着。

"你们闹了大半天了，散了吧。"刘总平静地说。

"你们答应我的要求了？"高鸣抑制住喜悦问。

"再给你们一次机会，一刻钟之内把棺材抬上车走人，否则我们就叫警察来清场了。"刘总拉长了脸说，随即转身进了通往办公区的玻璃门。

高鸣愣了一下，提脚追上去，玻璃门已经锁上了。

高鸣垂头丧气地回到中巴上。大家手里握着扑克牌，都转过脸来望着他。

"怎么说？"堂兄问。

"吓唬我！"高鸣故意不屑地说。

"怎么办？"

"再等一刻钟看看。"

不到十分钟，就听见警笛的声音越来越响。

高鸣不禁寒毛直立，心提到了嗓子眼儿。其他人还没反应过来什么情况，就看见一辆警用卡车紧贴中巴停住了，车斗里站满了身穿制服的警察，个个头戴白色警盔，一手抓着防暴盾牌，一手提着警棍。

带队的警长从副驾驶座下来，一看他们全都待在中巴里，就冲卡车摇了摇手，示意大家不用下车，只叫了两个警察守住中巴车门，自己踏上车厢问："哪个是领头的？"见大家都看向高鸣，就朝他努了努嘴，"你下来一下。"说着先下了车，扫了一眼冰棺里结了霜的尸体，皱了下鼻梁，走到比较空旷的地方。

警长告诉高鸣，他的行为已经触犯了寻衅滋事罪和敲诈勒索罪，追究起来，可以判十年以下有期徒刑，不过，如果他现在立刻收手，考虑到他是死者家属，因为受了刺激，一时情绪失控，并且尚未造成严重后果，可以不予追究。

中巴将高家堡的男人们送回了高家堡。加长面包车将茂川的遗体送回城北医院，医院却不肯收了，让直接送殡仪馆。高鸣无可奈何，只好连冰棺带遗体，运到了茂川家。

他懊恼极了。这是他生平第一大败仗，不但三百万一毛钱没拿到，之前姓刘的答应的二十万也打了水漂，自己还跟着威严扫地——从前大家都是有点怕他的，今后恐怕要在背后放肆耻笑他了。

必须扳回一局，挽回点损失。怎么扳？他还没想好。

遗属们又坐到了一起，商议今后怎么办。面对铩羽而归的高鸣，都不免有些尴尬，但终究不便摆在脸上。

茂川大伯桂昌见大家都不开口，就清了清喉咙低声说："听镇上的干部讲，巨力的老板是市里的头面人物，好像是个政协常委还是什么……我们就认倒霉吧，不要去鸡蛋碰石头。"

听了这话，高鸣脑子里忽然闪过一道光，立刻有了主意。

"冷静想想，确实怪不到人家水泥厂，也怪不到人家驾驶员。"高鸣说。

"是啊，只怪茂川自己太鲁莽。"桂昌说着，偷偷瞥了茂川妈一眼。

茂川妈不淌眼泪了，安安静静地坐在边上听，像个模范小学生。

见茂川妈表情没有不悦，桂昌继续说："说到底是茂川命不好。这辈子命不好，下辈子肯定命好的。"

"也不能只怪茂川，主要还是怪那个女人。"高鸣说，"要不是她勾搭茂川，茂川两口子就不会闹矛盾，露露就不会气得跑回娘家，茂川就不会来接她，也就不会出这场倒霉车祸。现在一家三口全没了，茂川这一支断了香火，归根到底是那个女人的责任。应该叫她赔，赔多少都不为过，最最起码要把我们损失的二十万赔出来。不赔就把茂川的遗体送到她门上去。她不是喜欢勾搭茂川吗？活的死的她应该都要的啊！"

高鸣还要说下去，被茂川妈截断了："儿子媳妇没了，孙子也没了，我也活不成了！"

"你说这话什么意思？"高鸣嫌恶地觑着她。

"拿茂川的尸首去讹人家，你让我今后还怎么在这个庄上做人？"

"你不是恨那个女人吗？你不是想惩罚她吗？这比掴她两记耳光解恨多了！"

"我不恨她了。"茂川妈摇着头说，"那天我是一时糊涂。这种事情，一个巴掌拍不响，我们茂川自己作死，怎么能把责任全往外人身上推？现在已经够丢人的了，不能面子里子都不要。"

"死的可不止你们茂川一个，还有我妹子呢！"高鸣忽然站起来，冲窗外喊道，"茂清，茂清，你进来一下！"

茂清正在灶屋间张罗晚饭，听见喊自己，急急忙忙跑了过来。

高鸣把刚才的话给她重复一遍，问她是什么态度。

茂清冷冷地望着母亲说："你老人家又犯糊涂了。这件事你别操心了，让高鸣去处理吧！"

4

大雪覆盖了村庄，还在继续下着。荒萧的午后，青灰的天空下，不见半个人影。茂川留在青梅小屋外的脚印，很快就被新雪抹去了。

卧室的窗扇和窗帘都掩上了，只留一道窄缝通气。青梅坐在床沿上给美娜织毛衣。床前地上烧着一口陶制炭盆，黑红相间的木炭像一座微型火山。微明的火光在青梅面颊上映出几瓣红晕，额头沁出细细的汗粒，不等聚成汗珠就蒸发了。

茂川随手抓了把生花生，拨了张小板凳，在炭盆对面坐下，将花生一个一个丢进炭火中烤了吃，边吃边给青梅讲些村里镇上的趣闻。

青梅闲闲地听着，也不抬头，也不搭茬，嘴角挂着似有若无的笑影。

茂川讲几句就瞥青梅一眼，渐渐感到口焦舌燥。一把花生吃完了，他掸掸手说："花生这东西不能多吃，嘴巴干得不行。"

"暖瓶里有水，自己不会倒啊？"

茂川咕嘟咕嘟喝完一杯水，绕过炭盆，紧挨青梅坐下，轻声说："还是渴。"顿了会儿，又说，"还是你解渴。"说着便把嘴唇贴上她的面颊。

"少来，"青梅让了让说，"这么冷的天。"

茂川就势掩过去，将青梅压倒在被褥上，脸埋进她的脖子，下巴拱开她内衣的领口，狂乱地吮舐她的锁骨，像一头饿极了的小兽。

青梅彷徨在顺从与抗拒之间，视线扫过床尾的穿衣镜，空气猛然一阵波动，如同海浪扑向口鼻，令她顿时感到天旋地转，胸闷窒息。

"有人！"这次她看真了，窗帘的缝隙间露出一只眼睛，乌黑闪亮，像折射阳光的玻璃球。

茂川循着她的目光望去，窗帘在穿衣镜里微微晃动，缝隙处只有刺目的雪光泻进来。他迷茫地盯着她的眼睛。

"出去看看。"她偏了偏脸说。

他有些不情愿，但还是离开了她的身体，往外屋走去。

"门被从外面锁住了！"他匆匆奔回卧室，压低声音喊道。

她倏忽坐起来，望着茂川焦灼的脸，不禁四肢发软，视线也荡了下来，便又躺下来，拉过被子裹紧身体。

"一定是他。这下他心里痛快了。"

青梅脑海中浮现出公公德深那张布满稀疏胡茬的一本正经的脸，感到他的每一根胡茬都刺进了自己肉里，难受得直想喊叫。

茂川急得团团转，像匹困在兔窝里的野马。他小心翼翼撩开窗帘一角窥视屋外。天地凄迷，雪片乱飞，像群慌不择路的难民。没有人影，有人影也看不清是谁。

他命令自己镇静下来，然后站定在她床前，问："怎么办？"

"我出不去无所谓，反正这是我的屋子。"她冷笑道，"你得出去，所以得你拿主意。"

他颓然坐到小板凳上，摊开手掌，伸到炭盆上烘着，却一丝热量也感觉不到。

"几点了？"她依旧面带微笑。

他战战地掏出手机，摁亮屏幕，险些掉在炭盆里，忙缩回手，告诉她三点半。

再过半个钟头，就得去幼儿园接美娜了。

"打电话叫你朋友来帮忙吧。"青梅翻过身去，背对茂川说。

茂川忙翻手机通讯录，将所有联系人都翻了一遍，才意识到，自己竟然没有一个完全信得过的朋友。他们一定会把这事当笑话逢人就说的。

思来想去后，他打给了妹妹茂清。

电话通了，可没人接听。连打了几次后他才想到，茂清这会儿正在塑料厂上班呢，车间是不可以带手机进去的。要到六点钟下了工回到更衣室，她才会发现他的未接来电。

实在无法可想，他只好硬着头皮打通了家里的座机，叫母亲来解围。

锈迹斑斑的铁门扣上，挂锁的眼里插着根柳条，湿湿的，长长的，两头对弯过来，打了两个结。

茂川妈用力扯开柳条，掰开门扣，敲了下门板。门被向里拉开了。茂川站在门框内侧，丢过来一个窘笑，随即低垂了脑袋。

茂川妈怔了一下，没吭声，转身往回走，背影摇摇晃晃的，一脚一个雪坑。

茂川远远跟着，眼前弯弯曲曲一长串雪坑，每个都像打夯机在心口砸出的洞。

晚饭桌上，茂川埋头吃面，吃得飞快，好像有什么急事在等着他似的。

茂川妈看看自己碗里的面，一点胃口也没有，索性把筷子搁在碗口，目光落在儿子的侧脸上。

对面的茂清感到有些异样，瞥了茂川一眼，又征询地望向母亲。

茂川妈佯装不知，转过脸去，凝望着供桌上丈夫的遗像。

晚饭后，茂川妈便去了茂川大伯家，央求桂昌帮茂川介绍对象。

"我们茂川也到了该成家的岁数了。我一个女人家，世路上也认不得几个人。你熟人多，寻思寻思有没有合适的，给茂川说合说合，年龄大个几岁也不碍事的。"

桂昌皱着眉点了点头："女孩子倒是多得很，问题在这彩礼上，现在的行情你又不是不了解，没个二三十万想讨媳妇，根本是做梦。你们家就那么点家私，老二走了这些年，也捣腾得差不多了。茂川那个手艺么，不到外头去闯闯，是中看不中用。我们家么，前年茂山一结婚，一下子也掏空了。就算勒紧裤腰带贴补你们万儿八千块，也是毛毛雨不顶用。"

茂川妈叹了口长气："不管怎么说，你先帮着把信儿放出去，就说我们茂川有这个心思，万一有那只看人不看钱的呢？"

桂昌还想再说什么，咽了回去，隔了一会儿，才摸摸心口说："这个你放心，茂川的事在我这里跟茂山的事是一样的。"

谁也没料到，半年不到，茂川的婚事就有了眉目。

在这期间，茂川收敛了不少，但还是忍不住往青梅门上跑了几十次。多数时候，青梅的态度都十分冷淡。茂川精神上有了负担，兴致也高不起来，但心里横竖恋着她，一天见不着她的面，就浑身乏力百般无味，看花花也不红了，看太阳太阳也淡了。

茂川对她的依恋，青梅感受得到，也不禁有点感动，但对男女之间的事情，她到底知道得多些。

他们之间是没有未来的。他们的关系如同稻田里的稗草，长得越快越高越招眼，离被拔除就越近——任何人都可以理直气壮来拔。因此，对于结束，她比较能够坦然接受，也比较坚决，尽管也有怅然若失之感。

听说他的婚事定下来了，她的态度反而不那么严冷了。

暑热天，大门洞开，电风扇呼呼吹着，她坐在一口青皮竹筛前剥干玉米粒。

他不声不响走了进来，在竹筛对面坐下，拿起另一根干玉米剥了起来。一排排整齐的玉米粒，在拇指肚的挤压下乱了阵型，纷纷从玉米骨头上脱落下来，像一群被打落的牙齿跌进竹筛里，敲打出轻微的闷响，令人心烦意躁。

青梅穿着件浅蓝色半透碎花雪纺连衣裙，领口松垂，丰挺的乳房像一对熟睡的孪生女婴，半露着面颊。一颗汗珠沿着她的脖子往下流，在锁骨内侧打了下滑，迅速坠入双乳间的峡谷。

茂川浑然不觉。

"都说是做换门亲，真的吗？"青梅笑望着他，柔声问。

茂川盯着手里慌乱的玉米，苦笑着点点头。

是茂川大伯当年参加的建筑队里一个工友的姑娘，高家堡的，离这儿也就二十几公里。双方家庭情况差不多，都是一个哥哥一个妹妹，哥哥等着妹妹的彩礼讨媳妇。高鸣兄妹比茂川兄妹要稍微大上两岁。还有一点不一样：高鸣的父亲还在世，只不过十几年前就瘫了，是从工地脚手架上跌下来导致的。据说是他自己违反作业规范，所以只拿到三万块钱抚恤金，手术费都不够。

"换门亲也没什么，我们重庆也多得很。"青梅安慰道，"也属于门当户对，反而好相处。"

茂川半晌没言语，终于说："我对不起你。"

"我们之间不存在对得起对不起。不正常的关系本来就是暂时的。以后你有了正常的家庭，只要你愿意，我们还可以做正常的朋友，反而轻松开心。"

茂川摇头："不可能的，天底下没有哪个女人比得过你。跟谁睡在一起，我的心里都只有你。"

青梅难为情地笑道："是你经过的女人太少了。跟你的新娘子比起来，我已经是残花败柳了。你现在是得了婚前恐惧症，怎么说你也不会信的，到时候你就晓得了。"

茂川不搭腔，专心剥玉米粒。光秃秃的玉米骨头很快在他脚边堆成了一座小丘。竹筛里一根玉米棒子都没有了。他错愕了一下，越发垂头丧气。

"我更对不起茂清。她自己谈了一个的，就是他们厂里的。那个人家也不景气，拿不出彩礼讨她，也拿不出一个妹子来跟我家交换。两个人原本计划明年一道去苏南进外资企业打工的，赚上几年钱回来办喜事，现在硬生生被棒打鸳鸯。"茂川苦笑一声，"说起来就像是戏里的事情。"

"也未必是坏事。"青梅说。

茂川惊讶地望着她，强调说："他们是有感情的！"

"以前在一本什么书上看见过一句话，说有爱情的婚姻才是不幸的。那时候不明白，后来越想越有道理。两个人有感情就容易斗气，斗气斗多了，就容易变成仇人，甚至弄出悲剧来。没有感情才能安安生生过日子。"

"全是歪理。"茂川不以为然，顿了顿又说，"听说高鸣那个人脾气很臭，茂清嫁给他，将来肯定要吃大苦头。"

"人是会变的，而且，别人说的也未必真。"

"反正我说什么你就反着说。"茂川霍地站起来，"我结婚对你有什么好啊！"他恨恨地挖了她一眼，转身出了屋子。

户外烈日如火，洞开的门框白光闪闪，像一整块滚烫的白铁皮。热浪捆向青梅的脸庞，使她胃部一阵痉挛，不觉打了个寒战。

她有一点点想哭，就无声地笑了笑。

茂清摇摇晃晃出现在门口。一股浓烈的酒气奔进屋子。

青梅意识到来者不善。茂清以前总是绕开这里走的，好像生怕感染上这间屋子里的瘟疫。

青梅连忙带笑迎上来，正要开口问有什么事，茂清先唰地跪下了，双手攥住她的裙摆说："青梅，青梅婶子，求你帮我个忙。"

"你先起来，进屋坐下慢慢说。"青梅用力掰开她的手，握在自己手里说。

"你不答应我就不起来。我就在这儿跪着，一直跪到冬天，跪到过年桂春叔回来，请他帮我来求你。"

青梅无言以对，努力克制着不快。

"我只求你帮我嫁一个人。"

"你喝多了，我去倒点醋给你醒醒酒。"

"求求你打个电话给桂春叔，让他同意跟你离婚，同意你嫁给我哥，这样我们家就用不着跟别人家做换门亲了。反正你是喜欢我哥的，我哥也喜欢你，大家都称心如意呀。"

青梅不吭声。

茂清忽然笑起来："或者你替我嫁给高鸣，帮我哥换个大姑娘回来传宗接代。"

青梅放开了她，转身走回屋里，坐到一张椅子上，眼睛望向别处，随便她怎么说。

"要不然你就替我嫁给史亚明。我嫁去高家堡了，他就没朋友了。"茂清说着，一屁股坐在地上，倚着门框泪如雨下。哭着哭着，她又绽出了笑容，"三个男人随你挑，反正对你来说，跟谁都一样。"

"请你离开我的屋子！"青梅压低声音咆哮道。她被气得浑身发抖。

"快挑啊。你们这种女人，是个男人都喜欢的。"

"你给我出去！"青梅走过来推了她一把。

茂清顺势向后仰倒，躺在门外干硬的泥地上，四肢挥舞，泪水飞溅，一边拍打滚烫的地面，一边喊着青梅的名字高声谩骂。

青梅脑子里群蜂乱鸣，一时没了主意。她命令自己坐回屋里的椅子上，拿起桌上的一本杂志，强迫自己看下去，旋即又觉得故作镇定的样子十分可笑，便又丢下杂志，坐也不是，立也不是，舌头干得粘在下颚上，渗出钻心的苦味。

包括青梅的公公德深在内，人们陆陆续续围过来，试图劝茂清别再骂了，想把她拉起来送回家去，但都被她甩开了。

有人奔去她家找人来劝。她妈和茂川都不在，手机也打不通。

她大伯桂昌听见风声，知道自己也是她憎恨的对象，忙躲到镇上去了。

副镇长德江家在河的南岸。夏天这个时候，他一般都在家歇午觉，要到两点半的样子，才踩着脚踏车去镇政府办公。

有人提议去喊他来解围。大部分人都表示反对。

自从上年德江仗着镇领导的身份，自作主张，吃里扒外，把征地的机会让给了邻村，使几十户人家翻身致富的希望化为泡影，他在村上的威望就一落千丈了。前阵子他儿子桂开又干出那样的丑事，洋相出到了国际上。大家伙儿背地里议论起来，联系上他自己这几年私德也不端正，自然越发不买他的账了。

不过，这种话不好直说，有人就转弯抹角道："如果把德江喊过来，茂清肯定更要借题发挥人来疯，等于是火上浇油嘛。"

大家都赞成这个看法，只不过商量来商量去，除了他德江，恐怕没有第二个人能出来收拾局面了，所以最后还是决定去喊他。

茂清差不多已经骂到词穷了，只是赖在地上不肯起来，高一声低一声地痛哭着。看见德江来了，她的怒火又呼扯上来，便把那些难听的话颠来倒去地重复。

德江黑着脸瞪着她，一言不发，等她喉咙嘶了，一时接不上气，才说："你骂够了没有？骂够了就站起来，掸掸衣服上的土回家吧。姑娘家的，要讲体面。"

"你老人家不是一向最讲公正的吗？难不成我还没有见男人就勾引的外地婊子体面？"

"你口口声声说你青梅婶子勾引你哥，你把证据拿出来。没有证据就是诽谤，当真追究起来，是要负法律责任的。"

"开什么玩笑！两个人赤膊条条粘在一起被反锁在屋里的丑事，你当只有我妈一个人知道啊？——你当然要护着她了。哪个不晓得，你也是她的一个老姘头！"

"茂清啊，你现在真是长出息了，什么难听的话都讲得出口了！"德江圆瞪了眼睛比画着说，"你这么长的时候我就抱过你。你爸要是还在世，也不敢这么跟我讲话。你就这么跟德江爷爷讲话的吗？！"

茂清嗫嚅着还要反击。她母亲从人群背后挤了进来，扬起手，作势要扇她耳光，犹豫了一下，又放下了，抱住她的胳膊死命拽，拽不动，泪珠子吧嗒吧嗒往下掉。

德江用充血的眼球扫视人群，视线停在两个茂字辈的小年轻身上，吼道："只顾看热闹，还不帮忙！"

他的声望虽然已大不如前，毕竟余威还在。两个小年轻见他指明叫自己帮忙，只好走出人群，协助茂清妈半拉半抬，把茂清送回家去。

人群跟着散掉了，德深也踱进了正屋。

小屋门口的烈日底下，只剩德江一个人还怔怔地竖在那里。

青梅走到门框下，打量着这位转业军人习惯性地努力挺直却不免有些佝偻的身姿，心底不禁泛起一阵酸楚。

"进来坐坐，德江叔。"她柔声说。

他转过身来。

她注意到他的眼袋比上次见到时又重了些，眼周、鼻翼和唇角的皱纹也更深了，坚硬的阳光不均匀地打在脸上，使他的五官看着像是棕黄色的砂岩浮雕，每分每秒都在承受风蚀的样子。

"什么？"他走神了。

"里面凉快点，进来喝杯水吧。"

他笑了，摇摇头。"眼下的情形已经够你受的了，我不能再给你招闲话。"

她使劲摇头。"哪里的话，多亏有你德江叔一次次地帮我。"

"我帮你也是在害你呀。"德江笑道，"一张嘴巴一把刀，几十张嘴巴议论你，就能把你活剐了。"说着冲她摆摆手，边走边说，"下回再遇到麻烦，别等旁人来喊了，你有我电话的。"

5

送美娜到幼儿园回来，青梅老远就看见小屋大门旁的墙根下停着口冰棺。只一刹那，她就明白了是怎么回事。视线本能地失焦，以避免看清茂川破碎的遗容，只隐约瞥见一个轮廓，像一截在河底沤了若干年的老木头，油污发黑，似乎有恶浊的气味飘过来。她不由得胃液翻涌，几乎要呕吐出来。

"快开门，给我接上电。"蹲在冰棺边上抽烟的男人说着，头也不抬，朝她伸出手臂，手里抓着个拖线板。

她记得他。迎娶茂清那天，他胸前别着大朵鲜红的丝网花，满面春风地从村前大路上走过，遇见大人就派烟，遇见小孩就发糖。美娜也从他手上得到了五块"大白兔"奶糖。

他开出了二十万的价码。在她听来是个天文数字，因此反而一点感觉都没有。她没作声，拉着拖线板的插头走进屋里，在插座面板上插好，然后转过头来问："有电了吗？"

高鸣点点头说："发生这样的悲剧，谁都不愿意看到，但是呢，每个人都要为自己的行为负责。我也不是那种不讲道理的人，你说对不对？"

青梅绽出一丝苦笑，依旧不响。

高鸣口气冲了些："现在离过年只有不到二十天了。这个时候，我也不可能出去找事做了，可以天天跟你耗着。你打算跟他的尸体一块儿过年吗？"

青梅聚起眉头，装作在认真考虑他的话，其实脑子是空的。从听说茂川的死讯到此时，她一直恍如在梦游。

高鸣的心也是乱的。过去听说的种种，使他对这个女人深恶痛绝，鄙夷不屑，恨不得朝她啐口水，可当真来到她跟前，面对她柔顺的眉眼和态度，却怎么也凶不起来了。总不能对这样的女人动手吧？

他心里的野草在疯长，长一片倒一片。他萌生了退意，但既然到了这一步，他已经没了退路。

"你老公不在，你公公呢？"他故意冷峭地问。

她偏了偏头，示意他在正屋那边。

高鸣感到四肢又有了力量，唰地站起身，大步向门户紧闭的正屋走去。

德深承诺，马上同儿子、儿媳商量，完了就给他答复。

高鸣同意了。

德深破天荒地钻进了青梅的小屋，带上门，轻声对青梅说："等会儿我去接美娜，送她到姑妈家住几天。你给桂春去个电话吧，叫他拿主意。"

说完出来告诉高鸣，桂春晚点会有电话回来，到时候一定给他个准信。高鸣点了头。德深便走向草垛，抱了几个稻草把子过来，拆散，平铺在冰棺上，说："遮遮太阳。"

高鸣知道他是想遮丑，但按捺住了没有阻拦。

桂春跟青梅起初感情还不错，谈不上有多少共同语言吧，起码在过日子层面，还是说得到一块儿的。

那年春节，跟桂春从西安回来，青梅满心解脱的庆幸，就像几千里颠簸的旅程总算到了终点。

她已蜕尽了对人生的幻想，只想跟一个普普通通、踏踏实实的男人搭伙，太太平平过完这辈子。遇到桂春这样的，已经超出她的期待了。然而，即使如此卑微的愿望，也很快就破碎了，快得令她眩晕，有种不真实感，正如以往的种种。

那件事发生以后，桂春对她的态度就彻底变了。父子还是父子，兄弟还是兄弟，夫妻还是夫妻，但五年来，他再没对她说过半句温存话，甚至尽量避免跟她说话。他只想在需要的时候，直截了当地使用她的身体，只想要她给他们家传续香火。偏偏她又生了个女孩。

向桂春求助是徒劳的，没打电话她就已经猜到了结果，可除此以外，她想不出别的办法。

"你想要我怎么办？想要我人回去，还是想要我寄钱回去？"桂春冷冰冰地说，"两样都不可能。年底了，我得待在这里守住老板，老板一跑，建筑队一年的工钱全泡汤，到时候我怎么向大家交代？工钱还没拿到，我也生不出钱来寄给你。"

青梅讪讪的，没啥可说的了。

桂春忽然哧哧笑道："你别理他，就让他在门口堵着，看他会不会真堵到过年。再说，门口停口棺材过年，代表开年家里有人做官发财，别提多吉利了！"

青梅无言以对，继续沉默着。过了一会儿，她听见哪里飘来嘤嘤的啜泣声。又过了一会儿，她意识到是自己在哭，怔了怔，突然失去了自制力，索性放声号啕起来，整个人抱着手机软在地上，蜷成一团。

哭声穿透墙壁，传进高鸣耳朵里。高鸣心口摇晃了一下，咬了咬牙，忍住了主动退让的冲动。

青梅想不通自己怎么会对着桂春哭。就因为他担着自己丈夫的名分吗？

她明知道对着他哭不过是浪费眼泪、自讨没趣；不单单是他，对着天底下所有的男人哭都是如此。

她早就看透了，女人的眼泪除了白白浪费、换取耻辱，没有任何用处，所以她早就强迫自己戒掉了流泪。

多少年没哭过了？她记得清清楚楚，上一回哭还是离开二娃只身去西安的那个春天。

是初春，刚下过雨，天气寒飕飕的，她只穿了件淡粉色的薄款防风衣，瑟缩着匆匆往长途汽车站的方向走。

那时候她还不知道是要去西安，她只是想逃离那座羞耻的城市，意志也并不十分坚定。

道旁的黄桷树颇为耐寒，经受过长冬的摧残，仍枝叶繁茂，但大团大团湿漉漉的暗绿，反而加重了空气的阴冷。

路过一座公园时，青梅望见镂空的黑漆铁艺栅栏内，成片的红色山茶花正怒放着。花瓣上徐徐滚动的雨珠，吸收了阴天里大部分的光线，水银似的熠熠闪光，将花儿们映照得分外红艳。

青梅不由得止了步，痴痴地与它们对视着，像照镜子一般，恣意舒展的花瓣上，仿佛映出了她灰暗的面容。

寒风将轻快的少女的笑声吹向她的耳朵，在她的听觉里织出了邓丽君那首《山茶花》的旋律——娇羞而缠绵的少女情歌。她冰封的心河顿时溶溶漾漾，一股慌慌张张的暖流便趁机钻了进去。

她下意识地一扭头，瞧见四五个女中学生站在路口等绿灯。大概是趁学校午休时间溜出来压马路的吧。她们旁若无人地高声说笑，每张笑脸都像一朵盛放的花朵。

她的心里瞬间又竖起了一道冰墙，遇冷的暖流便化作了冰水，直直地涌上鼻根，翻过眼眶跌了出来，成群结队，绵绵不断。

歌声停了，她的少女时代结束了，尽管离十八岁生日还差两个月。

空中又飘起了雨丝，和着她的泪水弥漫成无边的冷雾。一切都变得模糊不清。

她没头没脑地发足疾奔，一口气奔到了汽车站的出发口，奔上了第一辆待发的大巴。

第二天，天蒙蒙亮，她被从车厢赶下来，站在了西安干燥的空气里。坚硬的路灯灯光扎得脑仁疼，她一时辨不出东西南北。

"我这边确实是远水解不了近渴啊。"青梅哭声渐止后，听见桂春说，"要不，你去找德江叔想想办法吧，他肯定会照应你的。"

青梅自然也有过这样的想法，但她当然不可能这样做，不过她也知道，她自己不找他帮忙，他们也会替她找他帮忙的。她有预感，他很快就会有电话来。

她蓦然意识到，其实自己从一开始就没把高鸣当成一个无法解决的麻烦，在这场角力中，她是胜券在握的。刚才失控痛哭，原因不在眼前这桩麻烦上，也不为一墙之隔的死者，她是为整个的自己而哭，于是越发地感到无谓和羞耻。

哭也哭过了，现在她饿了。她扫了眼墙上的石英钟，过十一点了，是该准备午饭了。

她踌躇片刻，打开了门。

高鸣依然蹲在墙根下抽烟，面前横七竖八躺着一堆烟头。

"你中午吃什么？"她低声问道，生怕冰棺里的尸体听见了会不满似的。

他错愕地望着她，烟灰跌在指甲盖上，过了会儿才说："一碗面就行。"

她迈腿往外走。

他回过神来，忙补充道："用不着你管，茂清会给我送饭的！"

下午两点半的样子，青梅正坐在床沿上打盹，德江的电话来了。她犹豫了一会儿，才从床头柜上拿起手机。

"我这几天在市委党校参加学习，庄上的事一时没顾上，没想到闹得这么僵。"德江说，"高鸣那个人的情况，我多少知道一些。他也是被钱逼急了。如果拿不到一笔横财，恐怕连后事都没法办。你别慌，我会叫你公公去跟他谈。"停顿了一下，他又说，"我们这儿的人就是这样的，欺软怕硬，其实不敢动真格，你别有精神负担。"

青梅又开始掉眼泪，但她忍住了没哭出声。

"没别的事就先这样，我这就去安排，好吗？"

青梅点了点头，好像电话那头看得见似的。

高鸣故意现出十分勉强的表情，实际上德深一报出那个数字，他心里就答应了。

十万块，明天转到他银行卡上，条件是，他今天先把尸体弄回去，好生料理后事，不得再出么蛾子。双方立了字据为证。

然而，德深刚帮着高鸣将冰棺抬回茂川家，另一场变故便从天而降。

太阳快落山的时候，一部黑色帕萨特轿车在青梅的小屋门前停下，身穿黑西装的一男一女，自称是市纪委办案人员，不由分说带走了她。

随后，一部白色警车开到茂川家院门外，两名穿制服的警察出示了拘留证，以涉嫌敲诈勒索罪和寻衅滋事罪为由拷走了高鸣。

车轮重重地碾过村西头的混凝土预制板小桥绝尘而去，消失在夕阳消失的方向，单薄的桥面震颤不已。

6

青梅是在自己的结婚酒席上认识德江的。作为村上的头面人物，德江自然被安排在了主桌，跟新郎官、新娘子同席。刚开宴不久，桂春便招呼青梅一同起身，走到德江座位旁边，头一个向他敬酒。

德江转过身来，正色坚辞道："桂春啊，你这就不上路了。喜宴之上，只论亲疏，不论官民，你得先敬你爸。"说着瞥了青梅一眼，冲她微微一笑，便又转回身去。

青梅一时判断不出这是个怎样的人。坐姿比其他人都挺直得多，像一块石碑树在椅子上；嗓音略显沙哑，却沉浑有力；投向自己的目光柔和友善，明显不同于常见的中老年男人——他们的目光如同一条条透明的蛇，卑怯而贪婪地在她身上游走，带给她冷丝丝黏答答的触感。但她对他仍深怀戒备。他毕竟是个官儿。新闻里报道的那些终于穿帮的官儿们，个个都是表面上一本正经，背地里丑事做尽的。

只隔了一杯酒的工夫，又轮到敬他了。这次他爽快地端着酒杯站了起来。

"你小子本事不小。"他对桂春说，"我这半辈子，到过不少地方，见过不少人物，像你新娘子这么标致有气质的女孩子，不多见。"

桂春嘿嘿笑道："德江叔还没喝就醉了。"

"你当我在说酒话啊？"德江笑容敛了一半说，"桂春啊，不是德江叔看低你，你配她，高攀了。"说着，打量了青梅一番，又冲桂春笑道，"如果年轻二十岁，我可以跟你竞争一下。"

一席人都笑了。桂春既受用，又稍稍有些尴尬。

德江转过身，正对青梅问："听说你是重庆人？"

青梅被他夸得有点晕乎，红着脸点点头。

德江沉吟了片刻说："重庆人很好的，重庆人性格直爽，心思又细，会照顾人。我当年有个战友，就是你们重庆人，跟我处得最好了。"他一口喝干了杯中酒，"我们这儿的人坏，喜欢欺负外地人的。以后桂春或者左邻右舍什么人欺负你，你只管来告诉德江叔，德江叔给你撑腰！"

大家又一阵哄笑。座中一个桂字辈的后生起哄道："德江叔，你这么欣赏桂春的新娘子，干脆收她做干姑娘嘛！"

"你少跟我作怪！"德江用握着空酒杯的手指了指他说，"干爹、干姑娘这种称呼现在是个什么意思，你当我不知道啊？你德江叔是那种人吗？"又收回视线对青梅说，"叫什么不重要。你嫁给我们桂春了，就是我的晚辈了，德江叔自然是要照应你的。——去吧，忙你们的去吧。"

他转身坐下，将酒杯搁在桌上。桂春弯腰为他斟酒，他顺势接过酒瓶，自己倒满。他的动作自然流畅，但青梅记得，他的手指微微有些发抖。

他纯粹是客气一下，或是另有居心，都无所谓，尽管婚宴上简短的交谈，让青梅一下子记住了他，但在与茂川的私情酿成事故之前，她跟他没有过任何特别的接触。

她从未主动找他帮过忙，无论生美娜那次帮她在镇卫生院协调床位，还是之后再三替她解围，都是公公德深出面去找他的。

这也没什么特殊之处。村里就他一个在镇上当官，村里人遇到麻烦，自然总是头一个想到请他援手的。

可是，村里乃至整个镇上，还是传起了她跟他的谣言。

他帮过那么多的年轻女人，偏偏是她，成了人们想象中的他的情妇，难道就因为婚宴上那句"干姑娘"的戏言吗？

她时常为此感到不安，不过也没办法。更令她不安的是，她自己有时也会陷入那样的想象难以自拔。

她被市纪委的人带到某个幽僻的宾馆的房间里讯问——现在所有知道她和他的名字的人，都深信她是他的情妇了。

他们想从她嘴里盘问出他的违法违纪线索，以及她在其中扮演的角色。

然而，虽偶尔有一些时刻，她隐约觉得他们之间确实存在某种异乎寻常、特别亲厚的关系，但认真问起她跟他共同谋划过什么或者做过什么，她的脑海却是一片空白。

她蓦然发现，她对他的了解，并不比村里任何一个普通居民多些。

她只能说出她所知道的那些，但出于保护他的私心，还是保留了一点点。

他们这个村庄叫作古木村，因为村子正中央有株大白果树，直径在一丈以上，三四个成年人手拉手才能合抱。据说在明朝嘉靖年间，本村出过一位进士。这株大白果树，便是他衣锦还乡时亲手栽下留作纪念的。所有土生土长的村民都视之如神明，因此以它为中心，方圆百米都是空地，没有人家居住，也没人在这里种瓜种菜，只有东北角上伏着两间低矮的碾坊。

兴人民公社的年代，这里被用作了集体的打谷场。人民公社解散后，每逢农忙时节，大家仍旧把自家的麦子、稻子拉到这里来脱粒。而在夏季农闲期间，晚饭后，大家便不约而同从家里扛了椅子板凳，聚到大白果树底下来纳凉。不知从哪儿传出来的说法，说大白果树散发的气味能驱蚊。大家聚坐在这里谈今忆往，果然觉得蚊子比别处少，摇摇手上的蒲扇，也就足以对付它们了。

德江曾经是夏夜纳凉会的中心人物。他在的时候，大家听他讲自己的见闻见解；他不在的时候，照样是大家嘴里的话题，不论以什么开场，聊着聊着，总能绕到他身上。

嫁到古木村头几年，大家对她的敌意还没半公开化那会儿，青梅也常学着他们的样，吃过晚饭洗过澡，就披散着一头湿漉漉的长发，搬把椅子来到黑黢黢的大白果树下，安安静静地坐在人群边上，边望着星空发呆，边让凉风吹干头发，有一搭没一搭地听他们海侃神聊，听到发噱的地方，便在黑暗中悄悄绽放笑颜。

谁也看不清谁，每个人在别人眼中都是一个相似的轮廓，爱憎褒贬都被夜幕密密地遮掩着。

即使后来他们令她畏惧了，回忆起那些夏夜纳凉时光，她心底的海洋依旧有暖流经过。

德江是"文革"后村里数得着的小秀才之一，十九岁从本市的中等师范学院毕业，被分配回镇上的中心小学当语文教员。

虽说还是个小年青，自打做了吃公粮的"先生"，村里老老少少都敬他三分，但他心里仍旧不安逸，镇上的环境，尤其是学校的气氛，令他感到说不出的憋闷。

参加工作不满一年，他就频频冒出撇下这一切，到外面的世界闯荡一番的念头。在此之前，他到过的最远最繁华的所在，不过是三十公里外读书的市区。

这是座鲜为人知的小城市，充其量是个放大版的镇子而已。他渴望离开，但他既无法想象外面是什么模样，也无从获得离开的方法——贸然奔到镇子东南角的汽车站，钻进一辆中巴一走了之可不是办法，组织关系还在学校挂着呢。

村委会门前张贴的征兵通知犹如一扇窗，他站在跟前看了又看。模模糊糊的"外面"披着一层红光向他涌来，把他的胸膛塞得胀胀的。

怀着模模糊糊的激动走进学校，路过教导处门前，撞见一身藏青色呢子中山装的教导主任又在剪两个学生的喇叭裤管。原本已渐渐习以为常的画面，此刻他却再也无法忍受。几乎就在刹那间，他做了决定：去参军。自己知识底子好，可以在部队报考军校，让人生换个轨道。

通过征兵考核很顺利，学校虽然不愿放他走，但阻挠参军是政治觉悟问题，谁也不会犯这种低级错误。

入伍头一年，他就因表现优异，被提拔为排长；紧接着，他所在的部队被拉上了广西前线；跟越军对峙了十几天，他又稀里糊涂成了战斗英雄；末了以上尉连长的职衔复员转业，回到家乡，做了镇上最年轻的干部。这一连串角色转换来得太快，兜了个大圈子又回到了原地，回忆起来恍如一场乱梦。

夏夜纳凉会上，大家向他打听战争的情况，他总不肯细讲。

有一回，他兴致高，就多说了几句。碰巧青梅也在。

"多数时候是躲在地洞里头，干的稀的都没得吃，只好喝自己的尿。"他轻描淡写地说，"就冲过一次锋，吓得魂都掉了，根本感觉不到自己在哪儿、在干什么。我是排长嘛，当然要冲在最前头。后来两个战友奔上来，又是哭又是笑，一道抱住我拼命摇，我才回过神来，自己刚刚带头端掉了敌人一个据点。"他的声音低了下去，"再仔细一看，整个排就剩了我们三个竖着的，别的都横在地上，有一半四肢也找不齐……"

他把脸转向青梅所在的方位，沉默了片刻说："青梅，我是不是跟你提起过，我有个战友是你们重庆的？"

青梅在黑暗中点了点头。他仿佛看清了，便接着往下说："那个龟儿子文化程度不高，小学二年级就退学了，我呢勉强算是个乡村知识分子，所以他对我特别敬重，总是形影不离地跟着我，说要多沾沾文化气。谁知冲锋那次他没跟上，阵亡了，尸体伏在炮弹坑里，脑袋剩了三分之一。"

听众里有人唏嘘，有人啧啧称奇。

"他跟我讲过好几次，让我打完仗去他们重庆耍。他说重庆妹子全国第一，又是水灵又是爽气。"德江叹道，"可惜我是没机会去了，到现在也没去过。"

德江不再往下说，一时也无人接茬，虫鸣与蛙声都退避在远处，青梅似乎隐约听见德江的呼吸比先前局促了许多，眼前的夜幕仿佛打开了一条幽秘的隧道，让她遥遥望见了德江三十年前的模样，健硕挺拔、斯文儒雅，孤独而迷茫。这样想着，心底不禁一阵凄怆。

由于战场上的英勇表现，部队上提出保送他上军校，他却委婉拒绝了。虽然整场战役前后就二十来天，他却感觉已在战场上消耗了大半生，无法形容的疲惫和厌倦。他不想再穿军装，不想再扛枪，更不想再上战场冲杀或者被杀，因此他主动请求服役期满就退伍回乡，用在部队学到的经验支持农村建设。

对他的不识抬举，部队领导不免有些不悦，但赶巧中央下发了裁军计划，也没必要强留他。

二十世纪五十年代以后，镇上还没出过英雄军人，德江回来后自然颇受礼遇，先是被安排到镇人武部当副部长，接着又被镇党委书记相中做了东床快婿。

不过，德江的官路只是开头几年顺风顺水，往后就如老牛拉破车，走两步喘三喘，没走出几里地，一抬头已近黄昏。

他的秉性有耿和迂的一面，经常跟不上上面的政策风向，所以熬了二十几年，才勉勉强强选上了副镇长，吃的还是年轻时候战争英雄的老本儿。

德江的爱人家男，做姑娘时就是镇上的名人。她不光是老书记的千金，还是镇办纺织厂的劳动模范、优秀党员。她的性格热情爽朗、风风火火，像台永动机，永远精神头儿十足，因此得了个"半边天"的外号。

德江这一代青年，在男女方面是普遍晚熟的。跟家男结婚以前，他的恋爱史是一张白卷，对女性的认识，主要来自苏联小说。家男给他的第一印象，恰恰跟苏联小说里社会主义新女性的形象吻合，所以他对这段姻缘非但是满意的，而且颇有受宠若惊之感。

不满是在婚后的朝夕相处中慢慢滋生日积月累的。随着贸易市场的开放，镇办纺织厂很快倒闭，家男下岗了。因为有了儿子桂开，德江就建议她不要考虑再就业，安心在家带孩子就行。家男一时也没有别的选择，虽然嘴上没表态，行动上是同意了。

但她热情好动的风格一如既往。没了工作的羁绊，她有了更多的闲暇到处揽事，虽然只不过是个乡镇芝麻官的家属，却给三村四邻的人们留下了力能通天的错觉。

大家遇到麻烦都提了东西来找她援手。她不管能否办到，总是来者不拒，千儿八百的红包收，两瓶好酒几支老山参也收，久而久之，有用没用的东西倒堆了半间屋子。

德江讲过她几回，她左耳朵进右耳朵出，有时还反唇相讥几句，说她当官员家属的经验比他当官的经验要丰富，接着谆谆教导，说收东西不是目的，目的是借此搞好干群关系，以前她父亲就是这么做的，他应该学着点。

他无言以对，因为她的人缘确实比他好得多。他待人接物是比较拘谨而刻板的，多数时候丁是丁卯是卯，公私界限分明，不免令人敬而远之。

他看不惯她的另一点是信教。下岗后第二年，她就在家里楼上辟了个房间做佛堂，设了红木佛龛与香案，成天烟雾缭绕，循环播放唱经录音，早晚都要跪进去拜拜，不知是求财还是求免灾。

他心里对此极为厌恶，但知道说了没用，也就懒得说她，唯有尽量避免上楼，眼不见为净。有时也不禁暗暗纳罕：她是不是早忘了自己还是个优秀党员？

有一回，他上楼取东西，佛堂的房门虚掩着。

她正跪在佛前祝祷，听见响声，转头冲他诡秘一笑。

他沉着脸故意问道："你在搞什么？"

"求菩萨保佑你升官呢。"她说，"保佑你四十岁前调进市里。"

他听了异常羞愤，此后好一段时间，见了她便怒目而视。她似乎浑然不觉。

更令他始料未及的是，她对佛教的信仰只维持了四五年的样子，几乎是戛然而止。

一天下午，她亲手拆了佛龛，抱着红酸枝菩萨像出了门，不知送往何方去了。过了不到半个月，他蓦然发现，她已经成了镇上最踊跃的天主教组织者之一。

二十多年来，他对她的不满渐渐汇成了一条大河，在心底日夜不息地流淌，时而徐缓，时而湍急。

无数次想到过离婚，但只是想想。他明白这是不现实的，这么小个地方，大家抬头不见低头见的。他这一生算是没指望了，唯一的安慰是儿子。

他从未夸奖过桂开，但心里确信桂开是个非常优秀的孩子。大家也都这么说，给了他一份教子有方的荣誉。

在他这个严父的教育下，桂开不但从小学习拔尖，而且养成了温驯和平、彬彬有礼的性情，大家都说他内秀得像个小娘子。

二十三岁时，桂开如愿考取了法国公费留学资格，前途一片光明。德江做父亲的荣耀也达到了顶峰，事业与生活中的不如意都得到了有效的抚慰。

单位上，大部分同僚与德江是面和心不和。在他们眼中，德江是个自以为是、专唱反调的老顽固。

有一次，市里拨了专款下来，要求镇上负责落实通村道路硬化工程。镇领导班子研究认为，修建通村道路不光是政府的职责，它惠及的主要是村民，因此费用不应该全由财政划拨，财政顶多出一半，另一半应该向村民集资，这样省下一半经费来，正好用于填补镇上的财政赤字。大家都双手赞成，只有德江坚持专款专用。虽然他是少数派，按说应该服从多数，但大家怕他发耿反映上去，只好依了他，心里自然把他十八代祖宗都骂了个遍。

类似这样的事情传出去，无疑提高了他在群众心目中的声望，但另有一些事情，却使得同村同宗的群众也视他为绊脚石，并且这一类事情渐渐占了多数。

古木村地处镇子西北面，是离镇区最近的一个村，当中只隔着几十亩农田（所以镇子也叫古木镇）。这两年，为了跟上全市的发展步伐，工业化、城镇化建设是镇领导班子最重视的中心工作。镇党委会议上已达成了共识，要开发一个工业园区，引进一批外资企业。德江也没有提出异议。

分歧出在工业园区的选址上。大部分党委成员主张征用大白果树与镇区接壤的这几十亩农田。德江当即强烈反对。他说把好端端的农田改作工业用地实属浪费，镇子东南面五马村的五马河边，荒着一大片盐碱地，离镇区也只不过一点几公里，修条公路过去，把土壤盘整盘整，用作工业园区，投资不会高多少，还能地尽其用，何乐而不为呢？两种方案争论了大半年，支持德江的竟然渐渐占了上风，最后就这么定了下来。

那些积极主张征用农田的同僚，肚皮里自然有他们一番谋划，给德江这么一搅和，如意算盘落了空，难免怀恨在心。

消息被加油添醋传出来以后，古木村村民也是群情激愤。

那几十亩农田涉及村上近三分之一的人家。他们原想着可以靠征地补贴发家致富、改变命运的，结果就要到嘴的肥肉硬是被德江夺下扔进了水里，怎么能不恨得牙根痒？

与征地无关的村民也都相信，如果工业园区建在本村地面上，将来进驻的企业招工，一定会优先安排本村的劳动力。德江身为古木村的一员，却擅自替全体村民做主，将就业优先权让给了五马村。这种吃里扒外的家伙，还有什么值得敬重的呢？

那些关于他作风腐化的传言，以前只是个别人私底下咬耳朵，如今则越传越凶，几乎是公开化了。

德江形象一坏，家男在教团里的地位也大受影响，夫妻间的裂痕自然更深了。

不过，凭着二十多年对丈夫的了解，家男是不信他跟青梅真有什么瓜葛的，所以从没想过找青梅的麻烦，尽管她对青梅这类来路不明的女人还是十分反感的。

对德江而言，真正压垮他的打击，并非同僚的忌恨和村民的怨憎，而是来自儿子桂开。

德江用了几个钟头的时间反复求证，才确定那不是诈骗电话，真是中国驻法国斯特拉斯堡总领事馆打来的。

他们告诉他，他的儿子桂开伙同另外两名中国留学生，涉嫌拘禁、凌辱一名同样来自中国的女同学，已被法国警方逮捕了。

他被这个消息打蒙了，脑子像一锅反复煎熬的中药，不知所措，只好又吸起了已决心戒掉的烟。他站在院子里那棵桃树前，出神地望着一群蚂蚁在冻疮似的桃脂上爬来爬去，像攀登一座座山丘。未踩灭的烟头在他脚边吃力地呼吸着。

家男咬牙切齿的咒骂从楼上传来："天天拜你们的狗屁主，要多诚心有多诚心，你们就这么待我儿子的啊?！"

德江一扭头，只见一块白花花的东西从阳台栏杆上摔了下来，等它落地后才看清是尊白瓷圣母像，做工精细，半边脸嵌进了泥巴里。

他的胸口像被重物猛砸了一记，心海的怒涛翻起几丈高。他恨恨地想道，到了法国，一下飞机就去买把刀，既然大家都没脸活了，宰了那小王八蛋落个干净。

可是，坐在机舱里，望着舷窗外无边无际洁白柔软的云朵，他渐渐平静下来，坦白向自己承认，归根究底是自己的错，是自己生生把父亲这卷经给念成了咒。

桂开被判了五年半有期徒刑。德江参加完审判回到镇上，书记找他谈心，说了一堆安慰的话过后，忽然面露难色，叫他写份检查递上来。

"不管怎么说，党员干部教子不严，闹出丑闻，对组织的形象是种损害，况且还闹到了国际上，让西方反华媒体有了文章可做。相信你心里已经痛定思痛了，那就写出来吧，对我们大家也是个警示。"

德江心灰意懒，晚饭桌上对家男说，打算递交检查的时候一并递交辞职信，反正他这个副镇长已经名誉扫地，接下来很难开展工作了，不如提前退下来，闭门谢客，缩起脑袋做人。

不料家男听了，立马瞪圆了眼睛说："绝对不行！不管你心里是怎么想的，他们让你写检查你就递辞职信，肯定会被当成是闹情绪，对抗组织。"

见德江脸上明显起了反感，她缓和了语气："你想想看，你留在位子上，还能想办法照应到儿子。把位子交出去，万一儿子再出点事，到时候真要叫天天不应叫地地不灵。"

德江没再吭声，低头扒饭。她知道她的话起作用了。

检查写了，比他们预计的还要长、还要深刻，但事情并未就此结束。

过了大半年了，腊月初，书记通知德江，镇上研究决定，派他去市委党校参加为期两周的学习。虽然没有挑明，但彼此心里有数。这种所谓的学习，大家私底下称之为"问题干部抢救班"。"让他们洗洗脑子过年。"有人是这么说的。

学习期间，德江的手机受到监听。他们顺藤摸瓜锁定了青梅，以为捉到了一条大鱼。然而，调查下来，并没有可靠的证据表明青梅是德江的情妇、两人之间存在非法经济往来，所以两天后，他们只好放她回家。尽管如此，经过这一捉一放，她跟德江有不正常关系的舆论算是坐实了。

她以为德江也会被放出来的，听到的消息却是，他已被移交检察机关，理由是涉嫌贪污受贿和滥用职权。

不久高鸣也被正式批捕了。镇上法律服务所的老律师分析说，由于他敲诈勒索的金额巨大，情节恶劣，造成了非常坏的社会影响，尽管两次都没得逞，估计也得判个三年以上。

7

除夕是个阴天，中午刚过，铁灰色的天空下，爆竹声便远远近近地轰响起来，登时有了年节气氛，一派喜庆祥和，好像人间从未有过悲哀，可细细谛听，那间或一声潮湿的闷响，分明拖着惊恐与绝望的余音。

这大半个月发生的事情，如同电影里的快剪镜头，青梅感到自己被许多无形的手推着搡着，从光怪陆离的场景中硬生生地蹚过，来不及看清，更来不及体会。

现在大家都忙着过年去了，没人再来打搅她，她独自困守在独木舟似的小屋里，从天浑地浊的眩晕状态中慢慢沉淀、清醒过来，记忆的断片如同阵阵寒风劈面袭来，后怕的感觉像寒铁铸成的鞭子抽打着她的背脊，无处躲藏。她恨不能缩成一粒尘埃。

送灶日的清晨，邻居桂喜发现茂川妈上吊死了，就吊在正屋廊檐下螺纹钢焊的晾衣竿上，旁边挂着她亲手灌的香肠。她的头发、眉毛和香肠上都结了一层薄霜。

茂清正在高家堡的婆家，忍着嫌恶给瘫在床上的公公喂早饭，接到电话，丢下碗就赶回娘家奔丧。

没几天就要过年了，来不及找先生相日子，更来不及伤心，第二天就把母亲火化了落了葬。依当地习俗，亡人的牌位须在堂屋中供三年，才能送上天。茂清想着家里已经没了人，供着牌位落灰不是个事儿，带到婆家去供更不成体统，便顾不得旁人怎么看了，索性趁着葬礼当天人头齐，多化了些纸轿纸马，将母亲连同弟弟、弟媳的亡魂一道送上了天，然后就锁了门户，抹掉眼泪，回高家堡去了。

茂川这一门就此绝了。大家聚在村西的桥头，望着茂清的背影渐远，不免唏嘘了一番。闲谈中，开豆腐坊的德涌家的老太婆长了个心眼，等到众人散去，尾随着村支书桂华往家走。

桂华问她有什么事。老太婆有点难为情，笑嘻嘻说，既然茂川家没人了，开过年来，那块宅基地，村上应该会收回重分，而他们家到现在还是三代人挤着三间瓦房，她的第二个孙子早到了结婚的岁数，也谈了朋友，就因为没地方盖新房，一直拖着办不了事，希望村上能优先考虑他们家。桂华厌恶地瞟了她一眼，说村上会酌情安排的，让她先回去。

老太婆前脚刚走，东庄做兽医的德本又来了，打的是同样的算盘。桂华也三句两句打发了他，憋了一肚子的邪火。茂川家那块地包括上头的房子该怎么处置，村委会自有计较。

腊月二十五晌午，青梅在小屋门口晾新洗的被单，一回头，发现公公德深站在拴晾衣绳的枣树下，面无表情盯着她看，不由得一阵心惊。

"桂春他们哪天到家定下了吗？"德深问。

青梅摇摇头。"他没有电话回来。"

"打给他问问吧。"说完他背着手进了正屋。

怕他下次再问起，青梅只好强迫自己给桂春打电话。

"肯定是要回去的，就这两天吧，钱一到手就动身。"桂春说，"有些事情，我们早该谈谈清楚了。趁我还没到家，你先好好想想吧。"

一盆冷水浇过来，青梅霎时被冰封了。

桂春在东北的沈阳做工程，这个时候回来，火车票是买不到了，肯定还是跟上年一样，乘二十多个钟头长途汽车。

"让车子掉下悬崖吧！让车子翻进海里吧！"青梅恶狠狠地诅咒道，澎湃的恶意将体内的冰层震得哐啷啷粉碎，吓得她不敢喘气，却有热热的快意流淌着。

桂春果真没能回来过年。跟青梅通电话的次日，总承包公司一个姓陆的副总，约他到一家酒店房间碰面，结算工程款。

桂春兴冲冲带着弟弟桂荣去了。到了指定的房间门口，敲门，没人应，轻轻一推，门自己开了。窗帘掩着大半，房内光线昏暗，只依稀可见家具的轮廓。

兄弟俩犹犹疑疑往里走。刚踏入门框，桂春便脑后一麻，随即失去了知觉。

不知过了多久，他感觉有什么东西在脸上划来划去。鸡毛掸子？柳条尖儿？

他努力张开眼睛，视线渐渐聚焦，认出是一只女人细长的手，接着发现一个裸体女人坐在旁边，白花花的屁股紧挨着自己的脑袋，不由得倒吸了一口凉气，直冲丹田而去，这才意识到自己也是一丝不挂，像条刮了毛的肉猪，躺在酒店的床上。

他触电似的一弹，没能坐起来，右手被什么拴住了，扭头一看，又倒吸了一口凉气，是副银光闪闪的手铐。

他本能地一通挣扎，又瞧见弟弟桂荣正躺在裸体女人的另一侧，同样一丝不挂，是另一条刮了毛的肉猪，仍旧昏睡着。

咪咪的笑声从窗边传来。他定眼望去，两个戴着大檐帽的人，分别坐在窗下两张单人皮沙发上，面朝自己，看不清楚表情。

"本来就想抓个卖淫嫖娼，没想到还是聚众淫乱。"一个大檐帽转脸对另一个笑道。

接到通知后，德深立刻来跟青梅商议。

青梅微微诧异了一下，庆幸感如礼花般在脑际绽放。

这下扯平了，看他回来还有什么话说？

她努力抑制着，不让笑意浮上面容，淹没薄弱的惊慌与忧愁。

德深自然不可能真的指望一个年轻女人拿主意。他不过是知会她一声。

眼下这世道，连德江都进去了，他自己也完全没了主意。可是，没主意也要有主意，两个儿子都在千里之外的看守所关着，做父亲的怎么能袖手旁观呢？

"我搭明天一早的汽车去沈阳，到那边再想办法吧。家里你照应着点。"他强作镇定地说完，转身走了。

青梅第一次对他产生了些许同情。这些年，他们终究算是一家人的。

然而，这种患难之际的亲近感只维持了一天。第二天，她去桂春姐姐家接美娜回来过年，桂香冷冰冰地拒绝了她。

"桂春电话里交代过的，他回来之前，美娜就放我这里。小女孩很容易学坏的。"桂香本就瞧不惯这个野路上来的弟媳，何况弟弟确实有此嘱托。

青梅势单力孤，不可能跟桂香强拗。

离开前，她想拉拉美娜的手，跟她说几句热乎话儿。

桂香倒没阻拦，不料美娜自己躲开了。她紧拽着姑妈的衣角，满眼戒备地怒视着母亲。

这才几天没见啊。青梅像口被猛击一记的大钟，头脑昏沉，浑身战栗。

她不记得自己是怎么走的。

"你为什么要跟桂春回来？"

茂川问过青梅好几次，有时只是单纯的好奇，更多的时候是带着恼恨和惋惜。

依着辈分，他该叫桂春叔叔的，但在背后，他向来是直呼其名。

青梅总是无声地笑笑，不回答，心里则向自己坦承，当初说服自己跟桂春回来的理由未免太天真了。

她在西安漂了差不多有两年，像条没系缆的小船，工作换了不下十样，流水线操作工、商场导购、保险推销员、洗脚妹等等，没文凭、没特长的女孩子能做的行当，基本上都做过，还差点被一个同乡拉下水去做鸡。都走进那家神秘会所了，并且顺利通过了面试，可是，当领班向她示范那些匪夷所思的服务项目时，顿时触动了她抗拒的闸门。她谎称刚巧来例假没法立即上岗，溜出来后赶紧拔出手机卡扔进了垃圾桶。

干得最久的是最后一份工作，在一家叫歌乐饭庄的廉价川菜馆当收银员兼服务员，也就干了半年多。

在西安的两年中，她也试过重拾学业，半工半读。她满心想着，混张大专文凭出来，兴许能摆脱目前的生活方式。然而，无论哪份工作，都将她的精力压榨到一滴不剩。每晚头重脚轻，游魂似的蹚过夜幕，回到群租屋不足五平米的小单间，她连吃点东西、洗漱清洁的力气都提不上来，恨不能倒头就睡死过去，永远不要再醒过来。花了一个礼拜的工资买的自考教材，她连半页纸都看不进去。

歌乐饭庄离桂春干活儿的建筑工地不远，桂春、桂荣两兄弟和一帮同乡工友自然成了那儿的常客，每个月总要光顾个几次，一来二去，就算熟人了。

一帮在外操体力生活的糙汉，身上的力气就像井里的水，打得越多冒得越快，面对青梅这样模样俊俏的小姑娘，不可能不眼馋。三杯啤酒下肚，嘴巴不免就放肆起来，动不动借着添酒加菜的由头把她喊过来，明的暗的说些疯话吃吃豆腐。

经过从重庆到西安这几年的历练，青梅对于应付这些有色心没色胆更没有猎色资本的男人，已有了不少经验，知道怎样通过言语态度上的巧妙周旋，既不扫他们的兴，也不给他们真正占到便宜。

她厌恶他们，厌恶中又夹杂着几分同是天涯沦落人式的怜悯。

桂春是他们当中话最少的一个，因此反而引起了青梅的注意。

他们争相拿她打趣的时候，桂春往往一言不发，自顾闷头搛菜倒酒。当然，他的耳朵是在参与的。当他们自以为揩油成功而哄笑时，他也跟着泛出了笑容。不过在她看来，他相对含蓄的笑，对自己已经是格外的体恤了。

何况有的时候，他们的调笑过于露骨，闹得她窘到不行，他也会适时端起酒杯，粗着嗓门吆喝一声："喝酒喝酒，哪来这么多屁话！"这显然是有心替她解围了。她脸上没表露出来，内心是感激的。

独处时细想想，桂春倒确实算个不错的男人，魁梧壮实，沉默稳重，虽然经过长年风吹日晒，皮肤黧黑粗糙，远远算不上帅哥，但一张眉宽目朗的面孔，看着还是蛮舒服的，跟一笑五官就挤成麻花儿的弟弟桂荣，简直不像是一母所生。

如果能跟这样一个男人搭伙过日子，苦尽甘来虽说未必，起码心里会安定些吧。可她拿不准桂春有没有这样的心思，只好按兵不动——总不能主动贴上去吧。

下头一场大雪那晚，桂春他们又来歌乐饭庄聚餐。

大家小口抿着白酒，不时望望窗外被路灯照亮的雪花，有些兴奋，也有些感伤，自然而然地聊起了归期。

这时青梅恰巧端了一大盆毛血旺送上来，被一个叫志生的工友喊住问道："妹子，你什么时候回重庆过年啊？"

青梅愣了一下，摇摇头笑道："不回去了，家里早没人了。"说着睃了桂春一眼，他的表情没有任何变化，不禁一阵失落。

自从上个礼拜老板庆哥挑明了对她的企图，她想找个正经归宿的愿望变得格外强烈了。目前除了桂春，她想不出第二个人。

庆哥对她有歪念，她进店当天就感觉到了，但她还是说服自己留下了。一则，庆哥开的工资比她上一份工作足足翻了一倍。再则，除了雾里看花富于幻想的少年，天底下有几个男人对女人怀抱单纯的好意呢？倘若一遇到居心叵测的男人就躲，这世上恐怕就没有自己的容身之地了。好在这是一家夫妻店，有丽琴姐盯着，她相信庆哥不敢对自己毛手毛脚。

那天夜里打烊后，其他员工照例先散了，青梅坐在柜台后面理账，丽琴在后厨盘点，庆哥锁了门，转身走过来，俯到柜台上，笑嘻嘻地端详青梅。

青梅头也不抬地笑道："遇到么子事恁个高兴？"

庆哥立刻就把笑容换成了愁容，叹道："我跟你丽琴姐结婚都十年了，到现在连个娃儿都没得，有么子好高兴的哟！"

青梅没搭腔。

"你帮我们生个娃儿嘟个样嘛？"庆哥忽然说道，"要是个男娃儿，饭店的股份给你百分之二十，就算是个女娃儿……"

"莫开这种玩笑，庆哥！"青梅脸色有点难看，她强抑着怒火说，"丽琴姐听到不好！"

"这个也是我的意思。"丽琴从后厨走出来，边在围裙上擦手边说，"只要可以帮我们生个娃儿，想要好多钱你说。我们绝对不得说出去，你还年轻得很嘛……"

青梅没吭声，深吸了一口气，转身奔进后厨。

只听见丁零当啷一阵乱响，她双手握着把切肉的尖刀，抖抖索索走出来，远远指着庆哥说："你们快点把门打开！"

夫妻俩吓得脸色煞白。僵持了几秒钟，还是庆哥先镇定下来，赔笑劝道："青梅你莫生气，庆哥今天多喝了几杯猫尿，有点发神经。怎个多年也没得个娃儿，一哈子鬼迷心窍了。你原谅庆哥这一回，当我啥子都没说，要不要得？"

青梅握刀的手垂了下来，但坚持要结清工资辞职。

庆哥和丽琴横劝竖劝，苦苦挽留，说只剩个把月就过年了，这个时间想招个跟她一样妥当的人不容易，她若走了，这店就要瘫痪了，希望她帮忙帮到底，起码做到年关歇业再走，到时候会多给她两个月工钱作为奖金的。

青梅被说动了。刚才急火攻心说要走，其实一时之间能走到哪里去呢？再说，这一走，那个踏实得像座山似的男人恐怕就永远错过了。

经过这次冲突，他们短期之内应该不敢胡来了吧？这样说服自己后，她也就松了口。可这终究只是权宜之计，春节后该何去何从呢？她的脑海云雾茫茫，找不着方向。

"既然你的老家回不去了，不如就跟我们回老家去过年吧。我们那儿也蛮不错的。"志生打趣道。

"好啊！"青梅想了想，故作豪爽地说，"可是你们有十二个人，我跟谁回家过年好呢？要不然就像切蛋糕一样，把我切成十二份，你们一个人拎一份回去，给你们老婆吃吧。"

大家都笑了。气氛顿时活跃起来。

志生笑道："你放心，我们这儿就两个人有老婆，把他们两个排除掉，其他人随便你挑，你敢不敢挑？"

"这有啥子不敢的嘛，我们重庆女娃儿可是吃辣子长大的！"青梅故意犹豫了一会儿，才慢慢转到桂春身后，把手搭在他的肩上，用玩笑的口气说："桂春哥，我就跟你回家，好不好？"

她感觉到桂春的肩膀在微微颤抖，随即意识到自己的手也在颤抖。她分不清是谁把颤抖传给了谁。

志生带头拍起手来，边拍边竖起大拇指，夸赞青梅眼光好，一下子就选中了他们的头儿。桂荣激动得几乎从椅子上弹起来，满面堆笑，像小孩子要糖吃似的，冲着青梅连叫"嫂子"，一双眯缝眼睁得老大，如同两粒生米绽放成了爆米花。

桂春也笑，低着头呵呵笑，两条胳膊交叠在面前的桌子上，一言不发。

"哎，桂春，你快表个态啊，人家姑娘都把绣球抛给你了，你不能认怂啊！"志生一个劲儿地撺掇。

桂春依旧不发一言。青梅心里的灯适才电流过强，光耀灼人，此时闪了两闪，灭了。

她把手从桂春肩上移开，猛地缩回来，像被烫着了似的，然后笑着转过身，边走边说："跟你们闹着玩呢，慢慢吃！"最后三个字像三颗子弹，在喉咙处卡了一下，重重地射了出来。

桂春端起面前五钱量的白瓷酒杯，一仰脖子，一口气喝了下去，接着从衣袋里掏出香烟盒，撕下一片锡纸，又从另一只衣袋里掏出半支铅笔，朗声说道："姑娘，手机号码报给我，晚点我打给你！"

青梅心里的灯又跳亮了。

多年后，她对桂春已不存一丝爱意，可每当回想起那时桂春索要手机号码的情景，她依然清晰地看见白花花的浪潮涌上来。

自己的喜宴上，满身满眼俗气的大红色，青梅感觉身体里塞满了棉花，柔暖，厚实，轻飘飘的，却任什么风都吹不跑。

她晕乎乎地跟着桂春坐下，站起，走来走去，一桌桌绕着圈子敬酒、微笑、说些程式化的话，像个快活的木偶。

动荡飘摇的日子到头了，她的人生从蜿蜒湍急的溪流变成了平波无纹的池塘，虽然只有小小的一片，但她已十分满足了，事实上越小越好。

她喜欢古木村。超级魔方般的城市令她晕头转向，焦虑不安。她喜欢这里的僻陋，喜欢这里的简单，喜欢这里每一张朴素热情的笑脸，甚至喜欢他们粗俗不文的笑话，更喜欢那位叫德江的大叔"自黑"式的提醒。他说这儿的人坏、排外，可再坏也坏不过见多识广的城里人，再坏也坏不过她以往的经验了。

她不胜酒力，喝下第一杯白酒，就有了醉意，但兴奋的情绪稳稳地支撑着她，使她一直坚持到送出最后一拨客人，才猛地失去了知觉。

早上，她被轻微的头痛蜇醒，四肢麻麻的，赤裸的身体像一条被电击过的鱼。

她翻身搂抱桂春，想在他怀里温存一会儿，却发现桂春正站在床边上，乱蓬蓬的头发像覆了一层严霜的鸡窝，皱巴巴的西装上沾着一片片酒渍。他脸色铁青，白眼球织满血丝，像要喷出火舌，烧毁眼前的一切。

那么，怀里这副热肩膀是谁？

青梅浑身一哆嗦，慌忙缩回手臂，像被烫着了似的蜷到角落里。

桂春猛地掀开印着凤穿牡丹图案的大红丝面棉被。

桂荣被冷气激醒了，张开眼睛，茫然四顾，随即跳下床铺，一丝不挂地奔出房门，钻进客堂对过跟父亲德深共用的房间去了。

家里的正屋只此三间，从前，是兄弟俩共用一个房间的。

青梅完全感觉不到寒冷。她坐在另一侧的床沿上，背对桂春，佝偻着身子穿衣服，由于心乱如麻，不断扣错纽扣。

她实在记不起昨晚发生了什么。

桂春嗫嚅着，想对她说点什么，却一个字也没说出口，转身出去，重重地甩上了房门。

房子的隔音效果很差，尽管德深有意把声音压低了，青梅还是听得清清楚楚。

"你想怎么样？是要杀你老子呢，还是要杀你弟弟？也算是上过几年学的，书都读到屁眼里去了。你倒说说看，什么叫个礼，什么叫个孝？孰轻孰重你都不知道！"德深停顿了片刻，语气和缓了些，"你妈临死前跟你说的话你还记得吗？桂荣脑子不灵光，叫你凡事带着他点、让着他点。你现在要杀他，将来怎么去见你妈？要不然，我们三个一道去找你妈评评理？"

大口大口的冷气吸进肺泡，搅得青梅的五脏六腑翻江倒海。德深说什么都随便他。她只想听听桂春怎么说。

她握紧拳头等着。

她听见扑通一声闷响，随后又是一声劈柴似的摔门声。

他没回新房来，径自出了大门。

挨到接近午饭时间，青梅才硬着头皮从房里出来，去灶屋间提暖瓶清洗。

德深头上缠着圈血污斑斑的白纱布，正坐在井台前杀鱼，杀的是条红尾鲤鱼。

他左手中指整个地插在鱼嘴里，指尖从鳃部弯出来，牢牢地固定住它，右手拇指不断犁进鱼鳞缝里，跟食指配合着，把鱼鳞一片一片抠下来，浑浊的血水顺着掌底滴向地面。

青梅只是用余光扫过，却看得分外真切、分外惊心。

"是条母鱼，籽多得来。"德深注视着手里的鱼，似笑非笑地说。

桂春没再提那天夜里发生的事，其他人也没提过，池塘依旧平波无纹，可青梅终于明白过来，自己并非池塘的主人，只是水底下一条游不走的鱼。

桂春在床上从来都是简单粗鲁的。青梅以前并不介意，反倒是有些欣赏的，那是阳刚与羞涩混合而成的风格。

现在表面上还是那样，气氛却完全不对了。她能感觉到他对她的恨。她也恨他。就像一双新皮鞋被蹭掉了一块皮，怎么看怎么碍眼，只想快点穿烂它。

过了正月十五，桂春将他那帮工友叫了来，在正屋门前空地东侧，草草盖了两间门朝西的小屋，给自己和青梅住，随后就同父亲、弟弟分了家，正屋和大部分积蓄都归他们，夫妻俩只得这两间小屋。把家分清楚了，桂春就吩咐青梅在家守屋，自己又带了弟弟外出打工。

那天清早，青梅撩开窗帘的一只角，望着兄弟俩各自提着鼓囊囊的行李袋，一前一后隔开五六米走着，相继消失在村前大路上。她不自觉地将窗帘紧紧攥在手里，留下的皱褶好些天才平复。

8

又是浑浑噩噩的一天，不知道忙了些什么，天就黑掉了。反正自己一个人，年夜饭也懒得弄了，胡乱下了把面，吃了半碗，剩下的就扔在餐桌上。然后简单洗了洗，脱得只剩棉毛衫棉毛裤，钻进被窝关了灯。

此时爆竹声密集起来，仿佛远远近近的村庄都成了激战中的战场。炮声隆隆火光冲天，浓浓淡淡地映在窗帘上，好像窗根下藏着无数的人，争相要把窗帘点燃。

在这种既热闹又冷清的气氛下，青梅自然地想起了鲁迅先生的小说《祝福》。那是她高一下学期的课文。她就是在那个时候跟二娃一起退学的。《祝福》或许就是她的最后一课。她记不清了。

以青梅的功课底子，原本是不应该进那所不入流的高中的。初三上学期父亲的病故，给了她生平最沉重的打击，加上随之而来的种种事情的困扰，使她的情绪大受影响，从此就一蹶不振了。

她的父亲林卫青，少年时代就是村里小有名气的小秀才，可惜没考运。"文革"后恢复高考，一连考了三年，都以十几分之差跟大学失之交臂。只好认命，老老实实回家务农，向村集体承包了十几亩山地种果林，春夏之交出青梅和枇杷，秋天产橘子，一年下来，除了交给村上一些，被邻里乡亲明着暗着摘去一些，剩下的卖出去，除了供应家庭开销，还能有些积蓄。过了几年，就经人说媒娶了亲，随后就有了青梅。要不是国家政策的干预，加上夫妻关系不大融洽，说不定还会有枇杷和橘子。

青梅的童年记忆中，一组反复出现的画面是，母亲挑眉竖眼地数落父亲。父亲面色苍白，一声不吭，拔腿出门，径直往后山走，绕过山脚下的池塘，钻进果林，一口气爬到山坡最高处，找块石头坐下，也像块石头那样一动不动，目光飘向远方，不知道在看什么，更不知道在想什么。

发现青梅像条小狗似的跟上来，他就冲她笑笑，招招手，叫她挨着自己坐下，轻柔地抚摸她的头发。有次他忽然扬起胳膊，指着天上轻悠悠的白云，问她像个什么……

过了好些年，青梅才弄明白，母亲是嫌父亲不思进取，不肯出去挣大钱。

"现在这个世道哪个男的不出去闯哈子？就你硬要窝在屋

里，像个抱鸡母！不趁年轻出去拼一哈，老了我们喝西北风啊。"

她隐约记得母亲对父亲说过不少这类刺激性的话，但又不十分确定。有时她会怀疑，这些都是自己基于对母亲的愤恨想象出来的。

总之，父亲在她九岁那年放弃了果林，跟着村里有打工经验的壮劳力，远赴山西的煤矿打工去了，一干就是七年，其间只回来过两次。第三次是得知自己已到了尘肺病晚期，不得不回来休养等死。

记忆里那个愁眉不展的清瘦男人不见了，回来的是一个焦炭似的、日夜咳个不歇的怪物。

青梅知道这个一见自己就绽露歉意笑容的可怜人是自己的父亲。她很想亲近他，扑上去抱他，给他最后的温暖。可这么长时间分隔两地，再不想生分也生分了，况且他的模样是如此骇人，不要说抱他了，就连坐在他身边，青梅都寒毛凛凛。父亲心里也知道，所以从没主动拉过她的手。

一个星期天的下午，母亲去了镇上，青梅在自己房里做功课，忽然听见父亲咳着喊自己的名字。

她犹豫了一会儿，站起身，提着心走了过去。

父亲依旧抱歉地笑笑，歪了歪脑袋，示意她去拿床头柜上一只发白的、卷成一团的军绿色帆布包。

青梅拿过来，展开一看，吃惊地发现，里头装着一大摞簇新的钞票。

"这个是老汉悄悄儿攒的六万块钱,你用你个人的身份证去存到银行,莫叫妈晓得了。"

父亲吃力地说完,一阵猛喘,呼呼的喉音像飞转的鼓风机。努力恢复平静后,他嗫嚅着似乎还想说点什么,终于没有说出口,摆了摆枯竹枝似的手,让青梅回房去。

青梅的心口突突狂跳,像煮着一锅青蛙。她默默劝告自己:"你千万莫要这笔钱,就说'爸,你个人留到看病吧,我用不到'。"

可是她心里清楚,父亲的病是治不好的了,这笔钱自己拿着,将来或许更有用处。于是她怀着最大的残忍,轻轻点了点低着的头,一声不响,抱走了那只帆布包。

那天后,不到一个月,父亲就被死神掳走了。在此期间,父女俩再没有谈过一次话。

父亲断气的一刹那,青梅便在心底断定,他是被母亲害死的,他在尘世所有的幸福和尊严,通通葬送在这个自私庸俗的女人手里。

青梅相信,父亲还活着的时候,母亲就已经跟未来的继父不清不楚了。

继父莫绍东比青梅的生父林卫青要长个十几岁,是做医疗器械生意的,赶上了时代的趟儿,发了家,在镇上最繁华的街道上有栋四间三层的小洋楼，一楼开店，二楼住人，三楼堆东西。

莫绍东的原配几年前得乳腺癌死了，有个独子叫莫端阳，用父亲给的本钱，在秀山县城里经营着一家美容美发店，快三十了还没处对象。街坊们私底下传说，他是喜欢男人的。

青梅的母亲王静宜老早就认识莫绍东，但并不熟，因为丈夫的病，才跟他接触频繁起来。

这一带的男人，在煤矿上打工的多，得尘肺病的自然也多。挖煤收入是高，可再高也抵不过治尘肺的医药费。症状轻时往往不在意，等到实在扛不住倒下了，基本上已到了晚期。知道住院也白搭，也就没几个人肯花那冤枉钱，索性躺在家里由亲人护理，借助一些简易的医疗器械，像呼吸机、吸痰器等等，稍微减轻些痛苦。

莫绍东从尘肺病上挣了不少钱。来他店里采购的一般都是病人的配偶。莫绍东看这些女人的目光是复杂的。一方面，他真心怜悯她们，同时，他也动起了从这些准寡妇中间给自己物色一个的念头，因此不免怀了选妃般的心情。

选中林卫青家的，无非是因为她的年纪、模样、举止谈吐，都比别个更可意些。目标确定了，接下来就好整以暇地等着林卫青死了。

他向来是很有道德感的，并不像外界谣传的那样不堪。林卫青"断七"之前，他一次都没有睡过王静宜，甚至没有明白向她示爱过，只不过同一件东西，卖给她要比卖给旁人便宜些，碰到百儿八十的，干脆就不收了。

她自然懂他的意思。她自己也存着这份心。这些进进出出的女人，哪个不想把后半辈子托付给他莫绍东呢？又有钱，脾气又好。

母亲做了莫绍东的女人，青梅只能跟着搬进那栋三层小洋楼。

莫绍东对青梅是欢迎的，提前为她在三楼收拾出了一间宽敞明净的房间，添置了新的家具和窗帘。她们搬来那天，他兴致勃勃地领着青梅上去看，满脸巴结的笑，期待着青梅作出惊喜的表示，然而青梅面无表情，一言不发，连个敷衍的笑都没给他。

青梅对这个继父，除了站在父亲立场上的排斥以外，还有种疙疙瘩瘩难以启齿的感觉。

听说她要搬家，同桌兼闺蜜陈莹莹给她推荐了一部美国电影，叫《洛丽塔》。在镇上的网吧看了二十分钟，她就明白了陈莹莹的用意。人家自然是友情提醒，但无法逃避的威胁，不知道或许还好过些。

从睡在继父家的第一晚起，她就在枕头底下藏了一把折叠水果刀。半夜里，她经常被窸窸窣窣的响声惊醒，分不清是脚步声、呼吸声还是手指接触门板的声音，随即条件反射地抓起水果刀，熟练地打开，翻身坐起，浑身肌肉绷紧，屏住呼吸，全神贯注地等待危险靠近。

"大不了同归于尽！"她自认为做好了充足的思想准备。结果什么都没发生，一次也没有。

呼呼的风声被玻璃拦在了窗外，却依旧有冷气硬邦邦地钻进她的鼻腔，将泪水顶出眼眶。

这种胆战心惊的日子过了大半年，她才无意中得知，真正的威胁不在这里。

一天夜里，她又惊醒过来，恢复镇定后，异常地口渴。

往常回房前，她都会从底楼的厨房提壶开水上来的，这天不知怎么的给忘了，只得趿着拖鞋蹑手蹑脚下楼去提，唯恐经过二楼时吵醒母亲或继父。

然而他们却醒着，并且正谈起她——商量如何摆布她。

"过两年，青梅长大了，就把她说给端阳哪个样？"继父说，"年轻人不乖，我们也管不到。娃儿总是要生撒，不然我忙了一辈子，将来家业传给哪个？"

母亲没吭声。

"成了家有了娃儿，那些爱嚼舌根子的龟儿子就不得放屁了。"

青梅被羞耻感钉在了楼梯拐角处，浑身滚烫，像黑暗中一块红艳艳的火炭。

她仔细听着，等着母亲回绝继父恶心的馊主意。可母亲沉默了好久，才轻声说了两个字："睡嘛。"

继父不满似的弄出了一些嘈杂声，使母亲间或从喉咙深处迸发出低沉的颤音。

青梅感觉自己成了一团硕大的被羞耻燃烧着的火球，在漆黑的山坡上急速翻滚、坠落，摔向无底的深渊。

出走的念头忽然清晰起来，并且瞬间变得无比强烈。

必须逃出他们设计的陷阱。

她顾不上喝水，连忙返回房间，打开衣橱收拾行李。尽管心急如煎，手里的动作却控制得很慢，以免发出声响惊动他们。

终于塞满了一口旅行箱，跌坐在床上喘口气，却隐约听见鸡啼声从窗缝钻进来。

下意识地转脸一瞧，曙光已将淡绿色的窗帘映得透亮。

出走的勇气霎时逃离了她的身体。她连从床上站起来的力气都没了。

类似的情形又发生过几次，每次都是临行一刻泄气。

她心里渐渐明白过来，没想清楚去哪儿、做什么之前，所谓的出走计划，不过是对自尊心的常规安抚。

直到勉勉强强进了高中，遇到了二娃那样一个同盟，她勇气的水位才开始稳稳地上涨。

9

二娃是那种漂漂亮亮的男孩子，很多女孩子都想有个这样的弟弟，柔软的头发，清亮的眼睛，雪白的牙齿。青梅第一次看见他，就忍不住多看了两眼，心底油然而生一股保护欲，称之为一见钟情也未尝不可。

二娃的座位就在青梅的侧后方，课上，青梅经常从桌肚子里掏出一面不锈钢镂花边的小圆镜，假装照自己，偷偷观察他。

她惊讶地发现，不管上什么课，二娃都只顾闷着头，微微蹙着眉，极快地写着什么，写一阵，停一下，咬咬笔杆，又唰唰写下去。虽然不知道他在写什么，但他专注的神情令她怦然心动。

老师向他发问时，他便倏地站起来，摇摇晃晃好一会儿才站定，满脸茫然，就像刚在水底憋完气，突然钻出水面有些眩晕，一时找不着北。哄笑声四起，青梅听着刺耳刺心。

同学之间熟了以后，她才从跟他来自同一所初中的周敏嘴里，断断续续听说了些他的情况。自然用不着直戳戳地打听，他本就是很好的谈资。

二娃七岁那年，母亲猝死在棉纱厂的车间。父亲拿厂里给的抚恤金去赌，结果输了个底朝天还欠了一屁股债，还不上，只好躲出去，从此就没了音信。有人说他已经在广东某个县城重组了家庭，又生了个儿子，但说不出具体在哪里。

二娃只好跟着伯父过。邻居都说伯父待他跟待自己的儿子是一样的，可他还是不开心，而且经常流露出来。婶婶便半开玩笑地责备他跟他爸一样没良心。

青梅听了，不由得对他产生了同病相怜的情愫。没有过寄人篱下的经历，是体会不到那份难言的苦涩的。

小学时候，二娃就展露出了过人的写作天赋，得过全市作文大赛第二名。初中以后，写作几乎成了他唯一在意和擅长的事情，除了语文，别的功课都一塌糊涂，中考成绩其实连这所普通高中的门槛都够不到，也不知道是怎么进来的。青梅想，大概是看在他语文特别突出的份上特招的吧，就像钱锺书进清华那样。

后来他坦白告诉青梅，是他伯父花钱买进来的，为此他在家里又多遭了许多白眼。

对他了解得越多，青梅便越欣赏他。可老师们不是这样。老师们都不喜欢他，包括教语文的班主任肖老师。

虽然课上他从不听讲，但当肖老师向他提问时，只要将问题重复一遍，他总能迅速说出正确答案。这让原本想给他难堪的肖老师很没面子。他的作文，无论写得怎么样，肖老师都只打七十分，非但从来没有表扬过一句，反而经常当堂给予"华而不实""故意炫耀"之类的讥评。对此他表现得满不在乎。在写作上他有十足的自信，对肖老师的蓄意打压，他总是报以轻蔑的微笑。

肖老师对他的态度，让青梅很是为他抱不平。而他我行我素、桀骜不驯的风格，又强化了她对他的欣赏。

青梅暗忖，自己或许是这个世界上唯一真正懂得他的人。这样想着，不禁满心欢喜，还没同他交往，已经有了彼此相依为命之感。

对他的欣赏，使她对自己也满意了许多。

她没料到他也是喜欢自己的。这样事情就简单了。一个学期还没结束，他们就开始频频约会。

离他们高中约一公里，有座高大的公路桥。也许是为了节约土地吧，桥北端底下的陆地部分被砌成了一溜商铺，规划为特色休闲娱乐区。曾有一家咖啡店和一家台球俱乐部进驻过。然而，这一带人流本就稀少，头顶的桥面，平均分把钟才有一辆车碾过，到桥底下来还得绕个大圈子，自然不会有很多人有这份闲情逸致。所以这地方一天也没红火过，两家商户撑了半年多，就相继倒闭了。台球桌比较值钱，被运走了。咖啡店的桌椅卡座，本是廉价货，运走还需要点费用，老板索性就扔在这里，反正也没人续租。没过多久，门外停车场的花砖缝里便疯长出半人深的野草，封锁了两家店铺，此后便只有野猫野狗昆虫鸟雀光顾了。

大约一年后，二娃把青梅带到了这里。

他们手牵手，蹚过绿色湖藻似的草丛，来到废弃的咖啡店门前。

二娃提前来踩过点，门锁已被他撬了，门虚掩着，一推就开了。

几缕阳光穿过灰蒙蒙的玻璃窗，照在铺满灰尘的桌椅上。脚步惊起的灰尘，在光柱中慢悠悠地伸着懒腰，仿佛依旧酣睡在远古的旧梦里。

只有一副靠窗的桌椅是干净的，显然二娃打扫过，桌面上摆着一只透明的空酒瓶，瓶口插着一把叫不出名字的野花，红的粉的紫的，不过是随手摘下配在一起的，却好看得要命。

青梅转脸瞟了二娃一眼，露出感激的微笑，然后深深吸了一口气，灰尘的味道如此醇厚醉人。

在她心目中，这个废弃的咖啡店，比街角那些窗明几净装饰着雅致的鲜花、散发着咖啡的香气、流淌着钢琴的音符的咖啡店都更浪漫、更诗意、更适合寄托爱情。这儿比任何地方都更接近地老天荒。

整个人间融化了，只剩下他们两个，在水天之间、草叶深处，自由自在地恋爱。他是那沦落天涯的书生，而她便是那千娇百媚的狐妖。爱情让她觉得自己拥有无边的法力。

他们管这儿叫草叶咖啡馆，每次过来，一待就是半天。她靠在他的肩上，听他读新写的文章。他躺在她的膝上，各戴一只耳塞静静地听着流行音乐，散漫地望着窗外，蝴蝶在草上飞，云朵在天上走。

就像每次都会带些零食来吃，大多数时候，他们也会品尝彼此。越过了最初的疼痛和惊慌后，他们都视对方为天底下无与伦比的佳肴，怎么吃都吃不厌。

他们并非无知少年，自然不会像那些恐吓式青春片里经常演的，弄到怀孕堕胎，走投无路，因而悔恨终生。但做梦似的好日子总会到头的，不是这样就是那样。

一堂语文课上，肖老师走到讲台后面，照例把黑色手提包搁在讲台左上角，从讲台右上角的粉笔盒里拈起一支粉笔，背过身去，准备在黑板上写出当天要讲的课文题目。

不料，粉笔尖刚碰到黑板，他就停住了，转回身来笑道："差点儿搞忘记了，今天正式上课之前，我要先恭喜一哈我们班上两个同学，恭喜他们琴瑟和谐，早生贵子。"

大家都愣了一下，想笑又不敢笑。

肖老师从手提包里掏出一沓照片，慢吞吞地翻了一会儿，终于选出一张，抬起手臂展示给大家。

照片上前景是绿色火海似的野草，后景隐隐露出青梅和二娃的草叶咖啡馆，有点虚化。

"看到没得，他们的洞房，好稀奇哎，原生态的哟。这种为了爱情不怕吃苦不怕牺牲也不怕蚊子咬的精神，硬是叫人感动得不得了。——这么拼做么子哟，回去跟妈老汉儿说一哈，还怕腾不出一个屋？在草丛里头滚，不怕被联防队当野鸡打呀？"肖老师收起笑容，"请你们两个回去跟各人的妈老汉儿捎个信，请他们明天到学校来一趟，我们好好商量一哈你们的婚事。"

看见照片的一刹那，青梅就感到自己的头脸被一只大手按到了水底下，脑袋里滋滋沸响，像一整座烧得通红的铁山慢慢浸入江海。

放学后，二娃跟青梅约好在县城东南方凤凰山脚下的湖边碰头。

两人惊魂未定，久久沉默不语。

"你准备啷个做嘛？"二娃先开了口。

"你晓不晓得是哪个偷拍的？"青梅一脸迷茫。

"这个不是重点。"二娃心里有数，他锁了眉说，"你得不得喊你妈？"

青梅摇了摇头。

"那你准备啷个做？"

"我听你的。"

"只能马上走了。"二娃现出遗憾的表情，"再有半学期，我这本书就可以写完了。"

退学离开秀山县，原本就在他们的计划中。他们在草叶咖啡馆展望过许多次。从初二那年，二娃就开始创作一部叫做《幻渡》的"魔幻巨著"，目前已经完成了三分之二。

"有点儿像是中国版的《魔戒》。"二娃雄心勃勃地对青梅说，"出版了一定会成为超级畅销书，起码能卖个几十万本，再加上电影、电视剧改编的收入，保障我们两个吃穿不愁肯定得行。到时候儿我们就可以跟秀山一刀两断了。我们可以去上海，租一套高档公寓，拉开窗帘就能看见黄浦江。我负责窝在屋里写新书，你负责陪我，帮我处理读者来信。"二娃说得激动起来，搂住青梅的手有些颤抖。青梅往他怀里靠了靠，像靠在一朵云上，舒服地闭上了眼睛。

计划被迫提前了，二娃的版税还没到手，只有青梅父亲生前留下的六万块。考虑到上海房租太贵，他们决定先在重庆主城区落脚，等二娃的书写完出版后再作打算。好在重庆的确像座森林，有一千多万人口，家里人不可能找得到他们。

"他们多半不会找。"二娃分析道。

青梅听着有些凄然，同时也松了口气。

为了节约开支，他们在一个动迁安置小区租了间车库改成的小房子，一室一卫，没厨房，室内的地面比小区外面的马路低了一米多。空气永远是潮湿的，白蟒似的下水管横在床上方，冲水声不分昼夜，间或轰隆隆响起，像一阵阵优柔寡断的闷雷。但他们丝毫也不觉得委屈，跟草叶咖啡馆比起来，这儿的条件已经非常舒适了。

房东只提供了一张半旧的密度板双人床，他们只好自己添置了一张写字台、一口简易衣柜和两只整理箱。考虑到二娃的书稿写成后，不可能直接将手稿寄给出版社，青梅又主动提出买了一台笔记本电脑。二娃感激得不知所措，只好在那方面极尽温存体贴。

如今他们有了大把的时间，而且暂时还不用为生计发愁，也没有任何人打搅，不久连几月几号星期几的概念都模糊了。

二娃伏在写字台上写作，青梅伏在床沿上将二娃的手稿输入电脑，累了就抱在一起亲热一番，或者手牵手出去找吃的，日子过得真像神仙眷侣一般，狭窄简陋的出租屋成了无忧净土。

然而，问题还是接二连三地来了。

二娃火山喷发式的写作状态，只维持了一个月左右，就渐渐止息了。脱离了学校课堂那种严肃紧张的氛围，不用再提心吊胆唯恐面前的纸笔随时被夺走，写作的激情居然跟着恐惧一道悄悄离他而去。他越来越难集中精神。下水管的水流声、不知藏在哪个角落的虫鸣声、从门外经过的人声车声狗吠声，乃至青梅敲击电脑键盘的声音、身体移动的声音，都会打断他的思路。

他虽然没有直说什么，但烦躁的表情足以令青梅感到不安。于是当他写作的时候，青梅便主动避出去。起初几天，不过是在小区附近走走，或者去商业街逛逛，进书店翻翻书，想象二娃的书将来被摆在这里热售的场面……

独处的时间一多，头脑腾给理智的空间也渐渐多起来，想到二娃的书一时半刻还出版不了，这么坐吃山空到底不是个事儿，青梅便隐隐起了忧愁，开始琢磨得干点什么，挣点钱补贴日用。

没过多久，她便学那些同龄小姑娘的样，从网上淘了些小饰品、手机挂件之类的玩意儿，在中学附近的人行道上摆起了地摊，顺便也学会了给手机贴膜的手艺。

一天也就挣个几十块钱，勉强够抵个房租，但初尝自食其力的滋味，她的心情总的来说还是愉悦的。

不过，从那些肩背书包的学生妹手里接过钱，望着她们心满意足地转身远去，她内心的愉悦感不禁晃了晃。

二娃终于下定决心，提前解决了《幻渡》的男主角，让这部小说戛然而止，比原计划少了大约十万字，不过整体读一遍，自我感觉还可以，于是打印出来，用 EMS 寄给了他最认可的那家位于广西的出版社。

满怀期冀地等待，兴奋又忐忑。半个月过去了，石沉大海。电话询问，对方机械地告知，正按流程审稿，如采用，会及时通知作者；如三个月未回复，可另投。

二娃无比失望。岂止是失望。三年呕心沥血创作的鸿篇巨制，怎能受到如此冷淡的对待？他气得浑身发抖。青梅也跟着忿忿不平。

他决定不理会三个月的说法，又将书稿投给了一家从前不大入眼的本地出版社。又是石沉大海。第三家第四家第五家，依然如故。他愤怒到不知所措，恨不能一声狮子吼，喷出胸膛中的全部怒火，烧毁这栋楼房，烧毁整个重庆。

他成天阴着脸，不再尝试控制负面情绪，言辞刻薄，跟青梅也开始频频龃龉。

青梅发现自己做什么都不对，任何一点琐事细节都有可能引得他大动肝火数落不休。那件事上他也变得冷热不定，要么一连几个星期碰都不愿碰她，要么半夜凌晨忽然使她痛醒。

他放弃了写新的东西，社交活动就多了起来。

每天青梅一出门，他就揣上一包龙凤香烟、两听重庆啤酒，钻进社区棋牌室，跟一帮退休老头老太搓起了麻将，一玩就是大半天，搭子换了一拨又一拨，他总是坚持到最后的那个。

青梅还记得第一次看见他与麻将、香烟、酒精为伍时，自己近乎崩溃的心情。自然，那里头有少见多怪的成分。

当时是深秋，她一如日常，收了摊，顺路买了两人的晚餐，回到出租屋，却发现他不在，打手机也不接，急忙出门四处找，附近的马路、公园、河堤都找遍了，死活不见踪影。六神无主地返回小区，却一眼望见他就坐在菜场外围的一间棋牌室里，手边摆着啤酒罐，唇间叼着烟，灰白色的烟雾罩着头脸，全神贯注地摆弄着面前的麻将牌。

她一时无法相信眼前这个邋里邋遢、流里流气的家伙跟一年前那个漂漂亮亮、清清爽爽的男孩是同一个人。

哗啦啦的洗牌声如同冲马桶的声音刺入她的耳朵，她心里也有座长城跟着哗啦啦地倒塌，哗啦啦地被冲走。

她很想冲进去责问他，你现在这副挫样，跟你那个不负责任的赌鬼老爸有什么分别？但她做不出来。

她既没有闯进棋牌室，也没有回出租屋，而是再次转身走出小区，漫无目的地沿着马路疾走，簌簌飘零的秋叶不时割在她的脸上。

这几个月来，她怀疑过他的才华，也怀疑过自己的眼光，但每次怀疑一探出脑袋，她便死死地摁住，强行将它塞回心底。

她信步走到河边，在石码头上坐下，深秋的晚风刮走了身上不多的暖意，依稀望见黑黢黢的水面腹痛似的扭曲着。

她并不怎么喜欢他的小说。她第一次坦白向自己承认。她是先决定喜欢他，才义不容辞地欣赏他的才华的。

可事到如今，应该坦诚相告然后宣布离开吗？在这样的时候离他而去，是不是也太无情无义了？他有勇气走到这一步，多少也是受了她的鼓励。再说，离他而去，往哪里去呢？

她闭上眼睛，长舒一口气，想象秋风像吹走一片落叶似的，把自己也带离了地面，飞向渺渺夜空，什么也看不见，什么也碰不着，只觉四肢轻快。

心情渐渐舒展了些，她便又张开眼睛，掸掉衣服上的沙尘，起身往回走。

熬过柳暗，终于等来了花明。

那天晚上七点多，青梅正坐在写字台前吃盒饭，二娃忽然推门进来，比往日早了许多，心情似乎也不同于往日，笑容明显漾在脸上。

青梅瞥了他一眼，本想揶揄一句，问他是不是赢钱了，刚这样想着，就倒了胃口，便没吭声。

"遇到贵人了！"他凑过来，抑制着激动说。

牌友中的一个退休科级干部，留意到他成天闷闷不乐，问出原因，便好心向他传授机宜，说，当官也好，当作家也好，不管混哪一行，都得结交有能量的人物，由他们引路搭桥，挤进核心的小圈子，才有机会出人头地。

"曹雪芹的《红楼梦》为啥子能出名？"他像个面试官似的审视着二娃说，"写得漂亮只是一方面，更重要的是，他有好多来头吓死人的朋友，不是皇亲就是国戚。有那些人帮他做宣传，《红楼梦》能不红？想一哈，如果曹雪芹是我们重庆山里头的农民娃儿，连个乡长都认不到，他就是写一百部《红楼梦》，也没得用撒。就是送给别个，别个也不得看，都拿来擦屁股。"

一席话，让二娃恢复了自信。没一家出版社搭理他，未必是他写得不行，可能只是因为没名气。

老同志讲到兴起，决定索性好人做到底，就告诉二娃，他跟本市著名作家余汉文打过交道，可以请余汉文出面托二娃一把。说着，撂下手上的麻将牌，掏出手机就拨通了余汉文的电话。余汉文说他刚从上海开完讲座回来，准备休息一阵子，反正没啥要紧安排，让老同志明天就把小伙子带过去。

青梅听了将信将疑，但依然难掩喜出望外之感。

余汉文是鼎鼎大名的儿童文学作家，称之为一代宗师也不为过，他的作品极为丰富，可以堆满一个四门书柜。青梅这代人，大部分都曾流连于他编织的童话世界。因为他是本地人，每一个怀揣文学梦的孩子都以他为偶像，为他而骄傲，自然也包括二娃。

青梅读他的书倒不多。他的童话多半以漂亮有魔力的小男孩为主人公，故事往往是讲述他们如何一步步克服困境，战胜邪恶，拯救自己，同时拯救世界。这即便在童年的青梅眼中，也未免有些不切实际，况且还有一层性别的隔膜。

不过，青梅记忆中的余汉文的形象却是极好的。每本作品的封面勒口上都印着他半身相片。那时的他也就三十几岁，或许是由于用脑过度，发际线稍稍有点靠后，白皙而瘦削的脸庞，精巧的无框眼镜修饰着含笑的细长眉眼，米色亚麻中式对襟盘扣上衣，总之当得起"温文尔雅"这四个字。

当余汉文这个名字从二娃嘴里蹦出来时，青梅不禁心头一震，板结的土层忽然松动了，冬眠了的希望又从缝隙里冒出芽来。二娃若真能蒙他引荐踏入文坛，那可真是一场梦寐以求的奇遇了。

第二天，二娃就听从老同志的建议，拎了两个椰岛鹿龟酒礼盒，跟着他去余汉文府上拜师请益。

余汉文跟照片上一样儒雅温蔼。浏览过《幻渡》的打印稿后，他当即肯定了二娃的写作天赋，说这本书确有畅销的潜质，但章法技巧上还不够成熟，仓促出版的话，效果会大打折扣。作家的处女作往往也是他的代表作，是整个创作生涯中最重要的坐标，所以应该拿出十二分的耐心和气力来推敲打磨，将遗憾降低到最小，说得二娃连连点头。

"这两年岁数大了，不大写了，主要的精力放在培养年轻人上。都说文人相轻，同代作家之间可能确实存在这种不健康心理，前辈对后辈嘛，完全只有薪火相传的殷切之意，至少我是恁个。"余汉文抿了口茶说，"不怕你骄傲，看了你的稿子，我的心情跟福楼拜遇到莫泊桑差不多。得天下英才而教之，实在是人生一大快事！这段时间我都在屋头，你可以每个礼拜来两次，我一章一章指点你改，你觉得啷个样嘛？"

二娃激动到胸闷，自然满口答应。

从此，二娃俨然成了余汉文的入室弟子，每个星期都有两个下午跟着他闭关修炼，慢慢接近羽化成蝶的终点。

希望回到了他们的车库小屋，青梅感觉到自己跟二娃之间的空气又恢复了柔软，然而与刚来的时候到底有所不同，某些异样的东西混杂在其中，但她叫不出它的名字。

每逢二娃去余汉文家的下午，青梅总要比他回来得早些，为他准备好晚饭。

大约过了一个月，一天傍晚，二娃照例从余汉文家回来。青梅留意到他走路的动作有些异样，便问他怎么了。

二娃轻描淡写地说，刚刚经过小区公园，拐进去玩了会儿健身器材，不小心滑了一跤。

他轻描淡写的语气是强撑的。青梅一下子就听出来了，脑子里像煤气灶打着了似的，热烘烘的。

他有事瞒着她。一个念头冒了出来，惊得她寒毛一凛。她连忙掐断了它。

此后一连几次，二娃从余汉文家回来，走路都不大自然——他努力走得自然些，反而越发不自然。

青梅终于被好奇心俘虏，趁他进卫生间淋浴的当口，翻看了他的手机。

她以为他会把一切清理干净的，翻看他的手机也只是想求个心安。可他并没有。

他是故意留给我看的吗？

仓促之间，顾不上羞耻和愤怒，她的心脏慌乱地扑腾着。

继续装作不知道，还是摊牌、谴责、宣布分手？

尚未拿定主意，也没来得及放下手机，二娃已光着身子出现在眼前。

他扫了眼青梅手里的手机，喉结动了一下，没吭声，伸手取堆在床上的衣服。

"我跟你说过我哪个要离开莫家撒？"青梅走近两步，露出痛心疾首的表情问道。

"你想错了，我跟你继兄不一样，我不好那口。"二娃边穿内衣边转过脸来，似笑非笑地望着她的脸说，"你跟他，不冲突。"

青梅怔了怔，听懂了他的意思，不禁一阵恶心，忙别过脸去，不看他被肉色内衣包裹着、显得益发扎眼的身体。

"那你恶心自己做么子？"她强抑着怒火问。

"你以为呢？那些人模狗样的龟儿子，哪个屁股后头没得一本烂账？"他绷紧了面孔说，"靠女人养活就光荣得很？"

她半天说不出话来。

他的语气柔和了些："翻过这座山头，没得哪个会记得你从前走过啥子桥……"

她打断他，恳求道："莫去了要不要得？我们可以想别的办法。"

"莫去了？事到如今你喊我莫去了？那往回的一回两回三回

算么子？优惠大派送吗？"

他冷静了片刻，迅速穿戴整齐，走到她跟前，"我不怪你，我也讨厌我个人。帮我最后一个忙，天亮后你就走，莫在这儿看我丢人现眼。"

他出去了，带上了门，霎时寂静无声，地球好像掉进了坑里，晕过去了，一动不动。

她不知所措，脑袋里全是电流声，便关了灯，钻进被窝，用力把自己裹紧。

黑暗中，恨意慢慢涨上来，淹没了房间。羞耻如同水蛭爬满全身，贪婪地吮吸她燃烧着的血液，使她阵阵发寒。

做出那种事情，他怎么还能这样理直气壮？她还没来得及发脾气，还没来得及宣泄委屈，还没来得及提出分手，他就抢先下了逐客令。她形同被他抛弃了——不，她就是被他抛弃了。

犯错的是他，为什么受惩罚的却是她，而且是双重的惩罚？这是她应得的吗？为什么让她摊上这些？

一个铁块，一个沉重的、棱角分明的、跟她的颅腔一样大的铁块，梗在她的颅腔内，梗了大半夜。她的心也坚如铁块，也像铁块一样布满棱角，恨不得刺穿一切，砸烂一切。

黑夜开始退潮，曙色渐渐露出来，菜市场的公鸡传来凄厉的啼叫，她心里的铁块顿时软成了棉花团。

撇开二娃不提，她所遭遇的一切，哪些是应得的，哪些不是应得的？爱应该被珍惜，付出应该得到回报……诸如此类的好事，都不是人间法则。离开学校有一年了，早该毕业啦，就当二娃是最后一位老师，痛痛快快跟老师说再见吧！

可越是这么劝自己，留恋的情绪越是泛滥成灾。

她知道这次跟任何一次闹别扭都不同，这次是无可挽回的。即使她把心放到最宽，愿意留下，他也不会愿意的。谁愿意让人天天盯着自己的羞耻看呢？她又怎么可能没自尊到这个地步？

她慢吞吞地收拾东西，收拾了半个上午，只往小提箱里塞进了几件生活必需品，然后揣上户头已所剩无几的存折，失魂落魄地出了门。

门在身后咔哒一声锁上，像话剧演员一声夸张的哽咽。

夜里下过雨。她一点儿没听见。马路是湿的，坑洼处汪着水，如同狼藉的泪容。天还阴着，风虽不大，却寒飕飕的。

衣服穿单薄了，唯一的羽绒服还挂在那口简易衣柜里，出现在脑海中像个温暖的假象。

她瑟缩着朝长途车站方向走。她得离开这座难堪的城市，不过还没想好去哪里。

幸而世界大得很。她感到脚下的地球苏醒了，又蠕动起来，像商场里倾斜的扶梯，一直伸向水雾茫茫的天尽头。

10

轰隆隆响。辨不清是外面的声音，还是脑中的声音。

青梅迷迷糊糊睡着了，心里的眼睛睁得大大的，却看不清在哪里。

地震了吗，还是在车上？应该是在车上。

她闻见了汽油与疲乏肉体混合的浊臭。这是塞满乘客长途奔波的大巴里独有的气味，浓缩了的人间的气味。

这是往哪里去？驶出重庆？离开西安？

胃液阵阵翻涌，头胀得厉害。她想换个舒服点的睡姿，却动弹不得，灵魂几次坐起来，想把沉重的肉身也拉起来，但始终拉不动，只好一次次躺下，绝望地喘着粗气。

"青梅，青梅，醒一哈，下车啦！"

她听见一个声音轻唤自己的名字，很熟悉，但想不起是谁，就在耳边，却瞧不见人影。

她心里的眼睛看见了，只匆匆一瞥，温和的笑影，似曾相识的面容，就是认不出是谁。

在这声轻唤中，她的身体轻盈起来，几乎跟灵魂一样轻。

她轻而易举地站了起来，离开座位，跳下车厢。一晃眼，车就不见了。

她独自站在深秋的银杏林中，被参差错落望不到边的银杏树包围着。

金灿灿的银杏叶急遽枯暗、凋落，不一会儿，就只剩了光秃秃的树冠，地表的落叶也腐烂成了泥。满耳都是死去的植物被时间咀嚼的喧哗。

她注意到不远处一棵树下蹲着两只土坟包，稍稍隔开些，土还是新的，已被黄鼠狼钻了好几个洞。

正忖度是谁和谁的坟，一股寒风迎面袭来，使她浑身一凛，本能地转身疾走。

不知跑了多久，头顶的树冠又恢复了葳蕤。

她知道自己甩掉了冬天。这时她起了贪念，暗想，索性回到春天去吧。便又加紧了步子。

她顾不上东张西望，鼻子和肌肤提醒着她，穿过金灿灿的银杏林后，先是来到了一片干爽的国槐林，接着又闯入了一片温润的黄桷林，再后来，她沿着平缓的山坡往下走，空气中弥漫着微涩的甜香。

一面小小的池塘截断了去路，她不得不停下来，于是发现自己站在父亲的果林里。

正是青梅成熟的季节，细瘦的枝头挂满了绿莹莹饱满带露的果子。

池塘边，一棵青梅树下，一个高个儿男人笑吟吟地望着自己。

"爸！"她在心里喊道，脚尖移了移，又钉在原地。

他听见了，点点头，伸手摘下一颗果子说："尝一哈？"

她忙摇头。从小就不爱吃青梅，嫌它酸。

"开始是酸，长长就甜了。"父亲笑道。

"长长就甜了？"她毫无把握。

"对头，长长会甜的。"

她依旧笑着摇头。

她不信了，没法信了。

"尝一哈嘛。"父亲一扬胳膊，将手里那颗果子抛了过来。

她本能地迎上两步，奋力去接，抓了一把虚空，却听见咕嘟一声水响。

有谁打开了另一盏太阳，阳光如瀑，明媚得要把人化掉。

她定了定神，一切都慢了下来。

天地万物，连同自己，难以置信的静谧，恍惚有音乐从地层深处浮上来，头顶一片白云徐徐飘移，仿佛在哪儿见过，还给它起过名字。

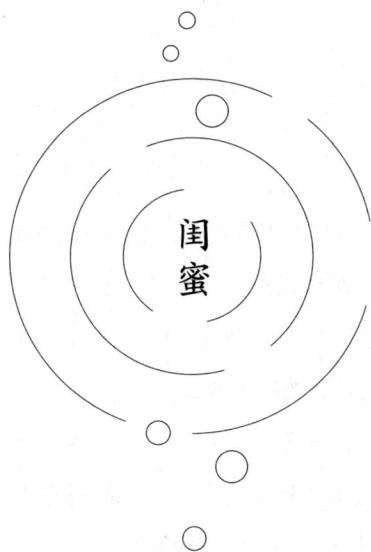

闺蜜

1

栏目里女记者加女主持有十二个，吴遐同山竹最要好，一方面自然是因为年龄最接近——十二个女同事中，年过三十的就她俩；更重要的原因则是，她们有个共同的敌人——失眠。好多年了，她们一直是它的手下败将。

没有外出采访任务的工作日，午饭后，她们通常会去电视台附近的健身俱乐部打几局羽毛球。都说适当的运动对睡眠有帮助，而且打羽毛球又能缓解颈椎痛。

球场上，吴遐大多数时候是明显占优势的。虽然两个人精神头都不济，但体格上吴遐比山竹大一码，不在一个重量级，这就没办法了。不过也有极少数时候，山竹超常发挥，也能赢几局。这次就是。山竹一上场就压着吴遐打，连赢三局，比分差距一局大过一局。

山竹还要接着打第四局，吴遐隔着球网连连摆手，"不打了！"扫了一眼山竹潮红的面颊,带着些许厌恶走向场边的长椅。

山竹甩着汗湿的卷发,笑容满面地跟过去,挨着吴遐坐下,将球拍靠在长椅上,弯腰拿起地板上的纯净水,拧开瓶盖,咕嘟咕嘟喝掉了小半瓶,酣畅淋漓地舒了口气。

吴遐假装越过山竹望向别处,目光却始终逡巡在她脸上。

她一直在笑,从场上到场下,幸福感泛滥,完全掩饰不住——哦,她压根儿没想掩饰。

吴遐在心底冷笑,恋爱中的女人就有这么可笑。

"哎,你跟那个人怎么样啦?"吴遐故作不经意地问。

山竹跟沈墨在一起快三年了,热一阵冷一阵的,吴遐从来不信他们会有结果,越来越不信。

山竹一双大眼睛晴波潋滟,扭捏了好一会儿才说:"他昨晚刚刚向我发过誓,说过年前一定把所有的障碍都排除掉,先搬我那儿去,再慢慢找房子。"

"你信他?"

她垂下眼睑,两只手拉面师傅似的扯着擦汗的白毛巾,低声说:"不然怎么办呢?"

吴遐原想批判沈墨一番,提醒山竹别忘了已多次被他忽悠的事实。那小子根本靠不住,哪方面都靠不住。但她忍住了。她不想显得过于激烈,被山竹当成个热衷于进谗言的恶婆娘。况且恋爱心理她是懂一点的:旁人越反对,局中人越起劲,越是为自己执着于爱的精神所感动和鼓舞。

可啥都不说，吴遐心里噎得慌。她顺了顺气儿，故意把胳膊搭在山竹肩上，手指卷弄着她的长发，亲昵地调笑道："你啊，孩子都上小学了，还成天情啊爱的，我真羡慕你的好心态。年轻态，健康品，你就是会走路的脑白金。"说着大笑。

山竹跟着笑了几声，然后认真叹了口气说："什么脑白金，我就是个大白痴。如果跟你一样有眼光，一次就选对老夏那样的好男人，何至于三十多岁了，还厚着脸皮谈恋爱。"

"老夏有什么好的。"吴遐一脸嫌弃，"我跟他没啥共同语言的，三天两头吵。他呢，家庭观念又重，再怎么吵，也不答应离婚，烦透我了。"说着不等山竹搭茬儿，抓起球拍袋就起身离开。

2

回到单位，两人在楼梯上分了手，山竹去机房剪片子，吴遐回办公室。

一进办公室，吴遐就注意到浅蓝色封皮的绩效考核手册发下来了，于是快步走到工位上，拿起自己那本翻开看。

真是怕什么来什么，上个月的绩效等第又是 C——基本合格。

根据单位的人事考核制度，一年内累计得三个 C，年终双选时，是会被降岗甚至直接解聘的。虽然对像她这样的资深员工，多半会网开一面，但光是在她名字底下画上 C 这个动作，就已经是严重的侮辱了，何况过了三天异议期，还要上墙公示，等于是当众扇她耳光，以后还怎么在尊称自己老师的年轻同事面前抬头做人？

面对字母 C 的恐惧和羞耻，山竹跟她的感受是相同的。她俩是栏目里年龄最大的女记者，又饱受失眠的折磨，拼体力挣工分，远不是二十岁出头的年轻人的对手，字母 C 落在她俩头上的概率自然最高。所不同的是，山竹选择了沉默接受，而她每次都要抗争一下。

有一回，俩人又聊起此事，她说顺了嘴，告诉山竹，私下里找频道副总监兼栏目制片人关聪闹一下，他还是有可能会同意把 C 改成 B 的。

山竹记在了心上，下一次得了 C，就悄悄钻进关聪的独立办公室，带上门，滔滔不绝倒苦水，求他高抬贵手。

关聪微笑着听完，招招手，叫山竹靠近些，然后说，目前的绩效考核制度确有不合理之处，没做到科学分配体力与智力、数量与质量的考核比例，让经验丰富的老员工吃了哑巴亏。但是呢，全单位都在执行的制度，不可能因为一档栏目的制片人提出异议，就立刻废止，所以只能在现有的规则内想想变通的办法。

"其实最近我一直在思考这个问题……"关聪转动宽敞的真

皮老板椅，调整坐姿，正对着山竹说道。

"想出办法了吗？"山竹急切地问。

关聪不置可否，伸手捏住山竹四根手指，轻轻一拉，原以为她会识趣地坐进自己怀里，不料她竟用力挣脱，迅速后退了几步。

关聪怔了一下，干笑道："哪有这么容易！在有成熟的解决方案之前，只能继续执行既定制度。我们栏目每两个月强制分配一个 C，工分最少的，不是你就是吴遐，所以这个 C，只好给你俩中的一个。如果硬按到第三个人头上，恐怕全栏目都会造反，我这个制片人也不要做了。"他顿了一下，双手一摊，"现在你来找我说，你不想要这个 C，意思是不是让我把它给吴遐？"

山竹忙不迭摇头，一声不响，逃出了关聪的办公室。

下班后，山竹约吴遐在离单位两个街区的港式茶餐厅吃晚饭。餐桌上，山竹将关聪办公室发生的情况讲给吴遐听，讲到关聪问是不是要他把 C 改给吴遐时，山竹想起什么，戛然收声。双方都狼狈不已，同时低头吃菜。

吴遐觉得自己更狼狈些。"她是成心讲给我听的。"她想。

从那以后，她俩再没谈过绩效考核的话题，吴遐也再没找关聪交涉这个问题。一年下来，一个 C 都轮不着是不切实际的，但起码她的 C 不会多过山竹，这是不必核查就可以断定的。

3

吴遐将绩效考核手册塞进抽屉，眼不见心不烦，然后捧起自斟自饮用的单人骨瓷茶壶，去茶水间接开水，没想到刚出办公室，就撞见沈墨迎面走来，锋利的目光水果刀似的削在自己脸上。

擦肩而过时，吴遐猛然听见沈墨压低喉咙冲着自己的耳朵咆哮道："你少在背后搞事情！"

"你再说一遍！"她羞愤交加，转头瞪着沈墨。

"你说什么？"沈墨惊讶地望着她，鼻翼皱起代表嫌恶的法令纹。

难道又是幻听？吴遐窘到极点，慌忙拔腿逃离，险些绊自己一跤。

沈墨是徽州乡下人，十年前考到这座城市来读书，毕业后又幸运地考进了电视台，因为小有长才，表现优异，升得挺快，目前是同频道一档新闻评论栏目的主笔。

吴遐向来是瞧不上他的。即使当着山竹的面，她也难掩对他的轻蔑。因此，每次话题转到他身上，她俩就开始各说各话。山竹称赞他正直、有才华、有幽默感，而且懂得体贴人。吴遐则认定他除了会写几篇破文章之外一无是处，就是个只会纸上谈兵的小瘪三——现在叫"键盘侠"。更何况，他的年龄比她俩小了半轮有余。跟这么个愣头青，能有什么共同语言呢？可山竹却自信满满地说，除了结婚这档子事，他俩对所有的问题都看法一致。太可笑了！包括他们所谓的爱情在内，在吴遐看来都是极其可笑的。

真是来得早不如来得巧，那时山竹正同何琪闹离婚，频道派她跟沈墨还有另外几个同事，一道去北京参加业务培训。在那之前，她只知道沈墨是频道年轻员工当中的一个，甚至没法儿将他的模样跟名字对上号。不过半个月的工夫，回来后他们已经是一对了，甜蜜得像化在一起的两块水果糖，叫人看了直犯恶心。

吴遐坚信自己反对山竹与沈墨交往是出于朋友的善意。站在旁观者的角度打量，这两个人所有方面都严重不匹配，况且山竹上一段婚姻还没处理清爽，而沈墨那边也是有家庭的。他结婚才两年，跟山竹一道去北京前三个月，妻子刚为他生了一对双胞胎。他怎么可能抛下新鲜出炉的四口之家，一头扎进跟山竹虚无缥缈的温柔乡呢？情理上讲不通，道德上更站不住脚。

可不知他给山竹灌了什么迷魂汤，山竹一口咬定，他们之间是百分百的真爱，而且彼此都是头一回尝到真爱的滋味，此前各自的每一段感情，都是因为心智不成熟犯下的错误，连同孩子在内都是错误。而真爱，是可以冲破一切阻力的。于是，山竹下定决心同何琪办了离婚，把他赶出了她的房子。孩子自然留下跟她，虽然她并不喜欢母亲的角色，但何琪在她眼中太不靠谱。她把刚退休的父母从成都劝过来跟自己同住，帮着烧饭带孩子，然后就一心等着沈墨冲破家庭来娶自己。

起初，沈墨也硬着头皮跟妻子摊了牌。哭过骂过伤心过之后，妻子同意协议离婚。可到了婚姻登记处，却被工作人员告知，孩子一周岁以内父母不得离婚，一顿训斥赶了出来。沈墨便拿这话搪塞山竹，并以照顾幼儿为由继续赖在妻子身边。山竹不想破坏自己在他心目中温婉贤良的形象，只好默默接受了这样的局面。一年后，沈墨的头脑从热恋的高烧中冷却下来，开始考虑种种现实因素，态度便越发暧昧起来，不断搬出这样那样的理由来敷衍山竹，拖延一天是一天，拖了将近三年，依旧前路渺茫。

这个沉溺于情爱的欢愉却不愿承担责任的胆小鬼，吴遏是早就看得透透的了。不光吴遏一个，所有对他和山竹的八卦感兴趣的旁观者都看得清清切切，只剩山竹自己还在做梦——她心里何尝不是明镜似的？她只是没有勇气承认失败罢了。三年来，她对他用情太深，付出太多，已经迷失在他的森林里绕不出来了。吴遏靠在椅背上，呷着碧螺春想，就等着看他们怎么收场吧。

4

工作效率已大不如前，处理完当天的事情，在单位食堂吃了一个白馒头、一碗绿豆汤当晚饭，回到家已是八点多。吴遐打开客厅与餐厅之间的过道灯。光线很柔和，家具们却依然被惊醒了。真皮沙发、红木餐桌、停摆了不知多久的落地机械钟……集体怒视着她，一副不欢迎的架势。

她恍惚了片刻，换了拖鞋，将手拎包重重地丢在玄关柜上。保姆房的门应声开了。保姆小张探出上身，漠然地叫了声吴老师，顺嘴说道："我还以为是夏老师回来了。"

她是故意的。吴遐想，她明知道老夏快半年没回来过了。以前偶尔过夜的小房子，如今已反客为主成了他正式的家了。

吴遐恨不得把他们全都撕碎了像垃圾一样扔到大街上，可她一动也动不了。她的身体和工作都岌岌可危，随时可能垮掉，老夏回来也好，不回来也罢，这个家都得仰仗他撑着。

吴遐没搭小张的茬儿，径自上了楼。

女儿夏沫房里亮着灯，光线从房门下缘淌出来。

吴遐旋转门把，推开房门。

夏沫背对她坐在写字台前，头戴发箍式耳机，飞快地敲着电脑键盘。

听见门响，夏沫迅速转过脸来，现出厌憎的表情，厉声责问道："进别人房间能不能先敲门？"

吴遐本想跟夏沫聊聊学校的情况，尽管心里对此并无兴趣，但终究是做母亲的一份责任，何况夏沫公然向着长年累月不归家的父亲，令她感到莫大的耻辱，因此她屡屡下决心，要拿出积极的姿态来改善母女关系，可是每一次，夏沫刚一显露拒斥之意，她就忙不迭缩回来，而后又懊恼不已，如此这般恶性循环。

认了吧，你跟她的关系是搞不好了。吴遐回到主卧，边淋浴边想，自从那天夜里，无意中听见夏沫对父亲说的话，她的母爱就熄灭了。

"你想换老婆就换，我可是完全不介意。"夏沫说。

此刻吴遐套着睡裙，蜷在飘窗上抽烟。卧室正对护城河，河对岸蜿蜒着一小段景观城墙，当中簇拥起一座三层的城楼。夜深了，河岸的卵石步道上已无人影，城楼檐角上装饰的彩灯像三行不眠的眼睛。虫声与蛙鸣压迫着空气，使她感到心口闷得难受。

她掐灭烟蒂，关严窗户，打开空调，在床边踱了几个来回，抓起手机，拨给了何琪。

"睡了没？方便讲话吗？"她笑着问，得到肯定的回答后接着说，"那个……你前妻跟她的小男人就快修成正果了。"她转述了山竹在球场边说的话，"我估计他们会在春节前后举行婚礼，你快准备红包吧！"

何琪边听边哧哧发笑，等她说完，淡定地问："你信吗？"

吴遐会心地笑笑，没有回答。

"有空出来，我请你吃饭哈。"何琪说。这顿饭约了有十几次了，一直没吃上。

"好啊，要不要把山竹也叫上？"

"随你便啊，难不成我还怕她？"

"我们三个好多年没在一张桌子上吃饭了。"吴遐遗憾地说，"大概永远都不可能了。"

吴遐拿不准自己对何琪是个什么态度。他算是我的朋友吗？我算是他的朋友吗？

何琪和山竹都是成都人，又是当地一所学院的校友。毕业后，山竹到这座江南名城来旅游，顺便看看有没有合适的工作机会，因为形象不错，性格活泼，又有灵气，竟被电视台录用了。要知道，在那个年头，一个没有根基的外乡人，想进一家地方电视台是不容易的。

何琪便跟着留下了，然而一直没找到稳定的工作。山竹感激他为自己留下，为了给他吃颗定心丸，在征得父母同意后，早早地跟他结了婚，尽管台里有两个明显更有前途的男记者同时在追她。

山竹的父母不仅替他们付了婚房的首款，还出资帮何琪开了家软件服务公司。原想着小日子从此蒸蒸日上，谁知公司一直不景气，何琪又结交了一帮歪路上的朋友，整日流连于娱乐场所，终于在一间 KTV 的暗房里，跟一个小姐一块儿被警察摁在床上。幸而山竹有熟人，没声张出去，当夜就悄悄把他放了。山竹这才想到要查查他的银行账户，掌握一下他的经济状况，结果发现他早已囊空如洗，还欠了几十万赌债。

那时山竹刚做妈妈，正休哺乳假，受了这一连串刺激，便开始夜夜失眠。吴遐去家里看她。她身穿粉色条纹睡衣，坐在被窝里，眼睛哭成了两个水蜜桃，数落起何琪便停不了口，赌咒发誓非离婚不可。

吴遐嘴上温言劝慰，心里却有不同意见。她比山竹大三岁，也比山竹早结婚两年，她的老夏也已经变质了，相比之下，她觉得何琪的堕落更值得谅解。

山竹工作以来可谓顺风顺水。频道领导、采访过的官员都对她印象颇佳。因为频频出镜的关系，走在街上常常被观众认出来，也算是有粉丝的名记了。那时的她，眼前是灿阳千里一马平川，对人生路途上的陷阱毫无知觉，更别说黑不见底的深渊了。这样一位光之女神，怎么可能懂得一个失败者的苦闷？活在妻子阴影里的何琪，越渴望成功离成功越远，除了自暴自弃，还能怎么办？

尽管到那时为止，吴遐跟何琪不过是吃过几次饭、打过几次哈哈的交情，却忍不住替他抱不平。

"其实也怪你自己。"她故意用玩笑的口吻数落山竹，"怪你自己太优秀，让他发现了自己的猥琐。"

这话山竹爱听，既舒坦又解气，像一杯温水润遍肠胃。

他俩终于离婚后，吴遐反而跟何琪走得近了，建立起一种特殊的秘密友谊。何琪第一次打电话约她见面时，吴遐还以为他对自己有意思，等到弄清他的目的，不禁有些恼怒。

他只是想从她这儿打探山竹的消息。他不甘心离开山竹，还想挽回那段糟糕的婚姻，希望她及时告诉他山竹跟沈墨的感情状况，一旦发生危机，他好适时介入，杀它个回马枪。当然，如果她愿意劝山竹离开沈墨跟他复合，他会感激不尽。

吴遐自己都觉得奇怪，明明很生气的，竟然答应了帮忙，而且，三年了，一直尽心尽责。

随着事业有了起色，何琪身边已不缺女人，挽回山竹的心也淡了，甚至对她的执迷已化为鄙夷，却仍保持着向吴遐打探她近况的习惯。

"为什么呢？"有一次，吴遐直言不讳地问他，"你想亲眼看着她一步步走向幻灭、失败，然后后悔、羞愧，对不对？——够狠的啊你，不管怎么说，她好歹是你儿子的亲妈呀！"

"你也可以这么理解——"何琪笑道，"正因为她始终是我儿子的亲妈，我得知道她什么时候掉下悬崖，好及时出手托她一把，尽一下人道主义义务。"

5

吴遐点燃一支沉香，插入莲花形青瓷香托，摆在床头柜上。都说沉香能安眠，想当然罢了，不过她喜欢沉香的气味。

山竹自认为被失眠折磨得生不如死，在吴遐眼中却不算什么。山竹是婚姻触礁后才开始失眠的，左右不过五六年。而她的失眠史要悠久得多，几乎可以追溯到记事之初。即便在心情最舒畅的那几年，也没有完全摆脱。

小时候，她爸妈都在远郊的矿上上班，矿区没有建学校，只好将她寄养在城里的舅舅家，几个月才能见上一次面。

舅舅是报社记者，舅妈也在报社当收发员。他们也有个女儿，比她小一岁。在他们自己看来，他们对两个孩子是一视同仁的，甚至还偏向她一些，例如每当她跟表妹一起闯了祸，他们都只骂表妹不骂她。

然而，正是包括此类优待在内的微小差异，让她时时意识到，自己终究是个外人。一个外人长期住在别人家里，就像一颗智齿长在别人嘴里，虽然别人极力掩饰难受，智齿自己却真切地感受到疼痛。

于是她有意识地疏远他们，连同表妹在内。当他们一家坐在客厅里看电视时，她就躲在跟表妹共用的房间里写作业，没有作业写就看报纸翻杂志。他们家最不缺的就是这些。报纸杂志上各种乱七八糟的新闻报道，杀人放火强奸抢劫投毒绑架家暴出轨……让她对外面的世界既好奇又戒惧。

这样的生活，虽然渗透着难堪的苦涩，表面上倒也相安无事。

五年级时，初潮后不久，一天夜里，她梦见舅舅蹑手蹑脚来到床边，掀开被子把头埋向自己下身，吓得猛地睁开眼睛，却看见舅舅正弯腰拉着被角。她闪电般弹坐起来，抱着被子跳下床缩到墙角，咬牙切齿地冲舅舅吼道："你要敢猥亵我，我就喊人了！"

"你说什么？"舅舅愣了好一会儿才明白过来，笑着上前两步问，"做噩梦了吧？我是来给你和表妹掖掖被子的……"

"别靠近我！"她咆哮道，发出母豹子的喉音。

表妹被吵醒了，坐在被窝里揉了揉眼睛，茫然地望着黑暗中一高一低两条人影。舅妈也闻声从隔壁房间走来，打开灯，问发生了什么事。

吴逞泪流满面，手一松，被子跌在地上，指着舅舅向舅妈哭诉："他想猥亵我，快帮我报警！"

"她说什么？"舅妈问舅舅。

舅舅解释了一下"猥亵"的意思，撇了撇嘴，表示莫名其妙。

她不依不饶，非连夜回矿上不可，一直闹到天亮。舅舅、舅妈都感到受了奇耻大辱，等她爸妈赶到，便不留她了。

爸妈只好送她去跟孀居的外婆同住。她那样讲舅舅，外婆自然不会对她有多少好感。好在再忍受一年多，等进了初中，就可以住校了。

住进学生寝室，虽然摆脱了与不亲的亲人相处的尴尬，但夜深人静后，此起彼伏的呼吸声、呼噜声，对她敏感衰弱的神经依旧是一种折磨，一觉到天亮的睡眠依旧是一份奢侈。不过，比起后来整宿睡不着，那时候还算幸运的。

一直到大学毕业，她都没有谈过一场恋爱，也没有交过一个称得上闺蜜的同性朋友。在她看来，校园里的爱情、友情都是梦幻泡影，反正毕业后要各奔东西的，何必浪费时间精力经营这些？

而在同学们眼中，她就是那个每晚宿舍楼熄灯后独自爬上天台，对着月亮呜呜咽咽吹箫的怪女生。对于被贴上这样的标签，她从未辩解过。事实上，她并不是每晚都爬上天台吹箫，而且很显然，也不是每晚都有月亮。她只是在心里难过的时候才去。为什么难过？她早忘了，也许从来就没弄明白过。

她与舅舅之间的心结，早已被时间冲淡了——也可能是被时间深埋了。不管怎么说，彼此又恢复了往来，算是和解了。她能进电视台，还是多亏了舅舅的人脉。后来她跟老夏提起舅舅早年的不轨之举，老夏便劝她多念念舅舅的恩惠。

她跟老夏是工作上认识的。那时老夏还是基层法院的一名助理审判员，一个彬彬有礼的小伙子，朴实而正派，对业内的种种黑幕痛心疾首。当然，他不至于轻浮到四处放炮，只是出于信任才私底下同她说说。

交往了一年多，他们就领了证，好像是着急了点儿，但她太渴望有个自己的家了，在那之前，她还没有过真正意义上的家，好在她对自己的眼光有信心。

她对婚姻从未抱过不切实际的幻想，浪漫满屋啊、看月亮看流星啊什么的，她想想就掉鸡皮疙瘩。她只想找个知冷知热说得到一块儿的人简简单单过日子。老夏不是这样的人谁是呢？

她一遍遍给老夏讲自己的身世遭际，老夏一遍遍默默倾听，听着听着，给她一记热吻或者拥她入怀，一脸认真地保证，她的苦难到头了，余生中，他不会允许这个世界再伤害她一星半点。那时候的她是多么幸福啊，那么矜持的一个人，依旧控制不住在脑海里放礼花。

终究是恋爱经验少，她没想到男人是说变就变的，老夏也不是什么特殊材料。他的耐心流失得很快，她却好像完全没注意到。终于，当她再次复述那些伤心过往时，他开始微露讽意，再多几次，他便露骨地呛声了——谁没个童年阴影呢？那么点破事儿，颠来倒去叨咕个没完，成天哀哀戚戚怨天尤人，夜里睡个觉都不安生，拿自己当西施呢还是当林黛玉啊？只知道沉浸在自己的小世界，有空就不能多管管孩子？……

她从震惊中冷静下来，开始全面省视他的变化。他这些年事业异常顺遂，当初的助理审判员如今已贵为民事法庭庭长。他的收入比职级涨得更快，远远超出了她的预期。托他的福，她早已是开着 BMW X5 上下班的高端白领了，却从未想过有什么不对劲。太不对劲了！她听见了危机的吼叫，却不知道它会从哪个方向冲过来。

果然，龃龉了大半年，他提出了离婚，坦率地告诉她，自己有了别的女人。她当然不答应，扬言要去单位揭发他。他知道她的不理智是一时的，她不会不懂一损俱损的道理。不离就不离吧，他比她耗得起。他开始频繁外宿，只不定期回来看看女儿，再后来发展到带女儿去小房子吃饭。未来会怎样？她尽量不去想。

马路上洒水车单调的电子乐从窗缝钻进来。她不禁一阵恐慌，天快亮了，一个晚上又快没了。她必须睡上一会儿，否则又要人不人鬼不鬼地去单位了。她现在不大敢吃安眠药了，吃下去口干烧心，反而更睡不安宁。

她挣扎起身，摸黑从电视机旁的柜子里取出那半瓶葡萄酒，对着瓶口猛灌了三大口。躺回床上，尿意比睡意先来了。于是再次挣扎起身，摇摇晃晃钻进卫生间。坐上抽水马桶，却怎么也尿不出，明明尿意还在的。只好靠在马桶水箱上打盹。不知过了多久，闹铃声从床头柜上飘过来。

6

三伏天，制片人关聪定在九十公里外的"人间第一村"开栏目第二季度工作总结会，也算是团建活动，为期一天半。开会、吃饭、娱乐、住宿，都在村里唯一的摩天大楼中。吴遐和山竹自然同住一间。

电视记者主要是个体力活儿，像她俩这种过了体力上的黄金时期又没挤上管理岗位的大龄女记者，处境是十分尴尬的，提拔升迁已基本无望，重大项目、重点选题也分派不上，因此参加这样的会议，不过是打打酱油。

坐在会场上充数，她们难免感到委屈失落，但同时也少了份精神负担——没有发表高见的压力，绩效考核的事，一般也不会列入议题，而且根据以往的经验，真正开会的时间也就一两个钟头，主要还是吃喝玩乐。所以，她们互劝对方把心放宽，就当是短期度假好了。

晚宴异常丰盛，虽然季节不对，还是尝到了久闻大名的长江河豚，席间还有为祖国挣外汇的朝鲜姑娘表演《阿里郎》等民族歌舞。同事们轮流给关聪敬酒，两个新入职的小姑娘还被大家撺掇着跟关聪喝了交杯。吴遐也上去敬了一杯。山竹没去，关聪主动过来敬她，她推说正吃着药，不能喝酒。关聪翻了个夸张的白眼，暂且放过了她。

用完餐，大家一阵风似的簇拥着关聪去负一层的 KTV 唱歌。吴遐忙拉山竹起身跟上。山竹摇头表示不想去。吴遐劝她至少去应个景儿，别显得不合群。山竹说自己得去趟洗手间，换一下卫生用品，让吴遐先去，保证待会儿一定去找她。

当山竹推开那间豪华包间时，关聪正搂着刚才跟他喝交杯的其中一个小姑娘的肩膀，用李宗盛听了会哭的唱腔对唱《当爱已成往事》，每唱完一小节就甩一次头发，大家便适时地拍一次手喝一声彩。吴遐坐在边上离门最近的位置，面带微笑望着大家。

瞅见山竹进来，关聪招手叫她坐到自己身边，同时示意正唱着的小姑娘把话筒递给她，说这是山竹的拿手曲目。

山竹连连摆手，过后挨着吴遐坐下，一只手挽住吴遐的胳膊。待了十分钟的样子，山竹附耳对吴遐说，她受不了这儿的烟味，想先回房间休息，没等吴遐答应，便起身冲大家抱歉地笑笑，兀自出去了。

吴遐又坐了一会儿，眼看自己点的歌被几个麦霸一次次插队，轮到自己恐怕是遥遥无期了，便也提前告退。她原本也不大喜欢唱歌的，不过想应个景儿，还没应成。

房间在二十一层，吴遐刷开门，望见山竹披着湿漉漉的卷发，坐在落地窗前的棕色单人皮沙发上看夜景。

"这儿的建筑好怪啊。"山竹指指窗外对吴遐说。

吴遐站到跟前，俯瞰这座夜间的摩登村庄。主体建筑的布局严格对称，十几幢中西合璧风格的塔楼分立在主干道两侧，在霓虹灯的装点下，像两列全身披挂的仪仗队，然而立定不动，肃穆中透着滑稽。华丽过度的建筑四周伸展着宽阔寥落的马路，半天不见一个人影走动，反衬出十二分的凄清。

　　"像个国王的陵墓。"山竹笑道。

　　"你想象力可真丰富！"吴遐在山竹肩膀上拍了一下，转身往门边的卫生间走，准备洗漱上床。

　　这时候，门忽然砰砰响，门外有人喊山竹的名字。是关聪的声音。山竹刚要打"嘘"的手势，示意吴遐别出声，假装没人，吴遐已把门打开了。

　　关聪晃进房里，朦胧醉眼扫视了一圈，最后视线落在吴遐身上，说："你再下去唱会儿歌，我跟山竹聊点事儿。"

　　吴遐犹豫了一下，抓起装着手机和房卡的手袋，走出房间。房门随即关上了。她本想站在门外听听动静，见走廊那头有人过来，便匆匆往电梯间走去。

　　她没去负一层的KTV，而是径直走出酒店，在迷蒙夜色中漫无目的地游荡，反复问自己，为什么要开门？为什么要出来？你看不出他的真实企图吗？边问边在心里用力摇头。

　　沿环村公路兜了两圈，看看时间，差不多一个钟头过去了，于是转身回酒店。敲门，无人应，吴遐深吸一口气，从手袋里掏出房卡，刷开房门。

山竹背靠落地窗，抱膝坐在地毯上，头脸衣服一片凌乱，像一张被揉皱后淋过雨的纸。吴遐忙奔过去蹲下，努出吃惊的表情，问发生了什么事。

门被关上后，山竹立马从单人沙发上站起来，走到离关聪近些的地方恳求道："我吃过安眠药准备睡了，有什么事明天再聊行吗？"

关聪不加理会，上前两步，猛地搂住她的腰，将她推倒在床上，压上去，没头没脸一通狂吻。山竹懵了一会儿，回过神后，险些被对方口鼻中喷出的酒臭气呛得呕吐出来。她使出浑身力气，手脚并用，总算挣脱了关聪的控制，跳下床，逃至落地窗前。

关聪也有点发懵，站在床前一动不动，像个傻瓜似的问："为什么沈墨可以，我不可以？"

"他居然说出这种话来！"山竹痛苦地凝视着吴遐，两只手隔着睡裙死命地掐自己的大腿，羞愤地说，"好像就因为我跟沈墨有那样的关系，全世界的男人都可以跟我上床！"

吴遐无言以对，只好用怜悯的目光抚慰她。

"他还说，至今为止，从来没有一个女人拒绝过他，好像自己是天底下第一号情圣似的……接着他又威胁我，说他对我们有合理伤害权，随便找个理由，就能把沈墨从单位撵走，让他没法儿在这个城市待下去……"

"然后你就……让他得逞吗?"吴遐捂住自己的心口问,让山竹感觉到她是多么痛心。

"当然没有!"山竹大声说,泪如雨下,"要不是正巧来大姨妈,说不定……太可怕了,太可怕了!"

吴遐替她松了口气,直想笑,忙控制住,不让笑意浮上面孔,不过,表情里的细微变化,还是被山竹觉察到了。她责问道:"你当时为什么要开门,为什么要出去? 没看见我给你打手势吗?"

吴遐一阵发蒙,叹道:"我怎么想得到他会这么明目张胆呀!"

"算了,也不能怨你,只怪我自己没有丈夫,没有丈夫的女人嘛,人人都敢欺负的。"山竹幽幽地说道,又踱至窗前俯瞰夜色,"真恨不得从这儿跳下去,一了百了!"说着又哭得山呼海啸。

吴遐忙走到她身旁,握住她颤抖的肩膀,安慰不迭,说些"总归是有惊无险"之类的话。

山竹渐渐止住哭泣,转过梨花带雨的脸庞,挤出一丝笑,说:"想不通你怎么会跟我一样失眠,你有老夏那么好的一个丈夫呀!"

吴遐脸上有点挂不住,口气也淡了,又随便劝了两句,转身往卫生间去了。

7

从"人间第一村"回来后，关聪好像什么事都没发生过，山竹却越发不安了。她想，这个栏目，甚至这个单位，都是不宜久留的了，可辞职的话，一个三十多岁的女人，又是这么个缘故，能往哪儿去呢？蓦然想到"失节事小，饿死事大"这句老话，羞耻得恨不得一头撞死。

问吴遐讨主意。吴遐说："他不过是酒后乱性，事情已经过去了，别再多想了。"山竹便无话可回了。

这颗结还没解开，家里又出了乱子。正在外面采访，母亲突然来电话，说成都检察院来了两个大个子，将她父亲带走了，说他涉嫌滥用职权为亲友谋取利益。山竹听了眼前一黑，匆匆结束采访赶回家去。

父亲跟经济犯罪扯上关系，在山竹看来简直荒唐至极。父亲退休前是一家工程设计院的副院长，因为出了名的讲原则，跟所有同事关系都很冷淡；在领导岗位上待了二十多年，一直是乘公交车上下班的；女儿背着几十万房贷，他也没能力帮着还……世上哪有这么寒酸的贪官？

可是，再怎么不肯相信，父亲被带走了是事实。母女俩抱头痛哭。哭完了，母亲叫山竹托人想想办法。山竹便给吴遐打电话，让她问问老夏在成都检察院有没有熟人。隔了五分钟，吴遏回过电话来,抱歉地说没有,再三劝她别急——怎么能不急呢?山竹又打电话跟沈墨商量,谁知真正的危机在这里等着她。

两人约在她家附近的咖啡店碰头。沈墨也跟吴遏一样再三劝她别急,承诺自己会帮着找个律师,然后便絮絮叨叨地推演可能发生的情况,来证明找一个靠谱的律师有多么重要,并且主动提出要承担律师费。

山竹忽然想起什么,打断他说:"现在倒是一个契机。"

沈墨不明所以。

"你不是说过的吗,从她那儿搬出来需要一个强大的理由。"山竹热切地说,几乎有些高兴,"现在我家里出了这么大的事情,得有一个男人坐镇,我比她更需要你呀。"

沈墨低头看着自己的手指,手指不停地抠着桌子的木纹,半晌不言语。山竹心里的灯慢慢暗下来。

"我不是就在这里吗?"他终于嗫嚅道。

灯熄掉了。山竹浑身绵软,挣扎着起身,想立刻离开。

沈墨跟着站起来。"我陪你去见律师。"

"不用了。"

出到门外,她等了两分钟。他没有追出来。她往家的方向疾走。风掀起满地落叶追着跑,不时钻进凉鞋打她的脚。她蓦然意识到:秋天了。

大约一个月后,父亲排除了嫌疑,自己回来了。山竹约吴遐在一家叫吴越茶人的茶馆喝茶，回忆起那天风中的落魄，依旧难过得直掉眼泪。

"你俩算是分手了吗？"问出这句话，吴遐不禁暗暗欢喜。

"用不着明说的吧？"山竹讪讪地说，"三年的感情越走越淡，到现在，几乎淡得看不见了，彼此心里都有数。"

吴遐被她的文艺腔弄得有点不舒服。

"那天栏目搞中秋单身派对，"山竹忽然冷笑道，"关聪居然点名喊我去参加，好像知道我是个没人要的女人了。"说着又滚下泪来，随手摘了张餐巾纸，铺在面前，看着自己的泪珠一颗一颗跌碎在上面。

"对了。"她想起什么，从包里取出一个藏蓝色绒面首饰盒，递给吴遐，"送你的。"

是条铂金项链，带个蝴蝶吊坠，嵌着三粒微小的钻石。

"什么理由？"吴遐笑问。

"送朋友礼物需要理由吗？"山竹也努出笑容，"不是专门买的，在家里搁了好久了，清东西的时候无意中发现，就送给你吧。"

"你自己怎么不戴？"

山竹摇摇头，望着茶盏笑道："试过了，不适合我。"说着转头四下里望望。深秋的午后，茶馆生意寡淡得很，就她们两个客人。她缓缓起身，走向摆在木楼梯边上的一架古筝。她们是经常光顾这家店的。兴致好的时候，她便技痒要弹点什么。这次她没戴指甲，素手轻弹了一段《云裳诉》。

吴遝有时会觉得她矫情，这次却也被牵动了愁绪，说不上为什么。

山竹揉着手指回到茶桌前，幽幽地笑道："好痛啊。"

山竹死后，吴遝才慢慢得知，跟她关系还凑合的女同事，包括机房管理员和字幕员，个个都收到了她的礼物，自己收到的这件是最贵重的。

8

秋天快到头的时候，山竹自杀于一个晴朗的星期天的午后。三天后，冷飕飕的阴雨天，在西郊山脚下的殡仪馆火化。

告别厅里，亲属、同事、工作上结识的朋友，百来号人围着停在正中央的遗体，个个神色哀伤，间或传出几声啜泣。

何琪来了，关聪也来了，唯独沈墨没有出现。

何琪冲站在遗体对面的吴遝点点头，算是打招呼。

吴遝装作没看见。得知山竹自杀这三天，她的脑子始终是一团糨糊，说不清是什么心情。刚才顶着潮湿的冷风往这儿来的路上，不由得有些哽咽，蛰伏的悲伤似乎苏醒了，可一进入这间告别厅，目光接触山竹遗容的一刹那，悲伤又不知藏哪儿去了。

由于仔细化过妆的关系，山竹比活着的时候更好看些，然而假得很，像个速冻面人儿。脸色灰白，蒙着薄薄一层雾化的霜雪，粉腻腻的；眼睑松松地合着，显得睫毛出奇的长而翘；卷发被生生绷直了，紧贴头皮缩在脑后，像漆黑的尼龙线；最突兀的是那条橘红色的丝巾，将脖子裹得严严的，为了掩饰自缢的勒痕。

吴遒望着她，只觉得硌眼睛。

关聪代表单位致悼词，先是将山竹的死因定性为抑郁症发作，接着回顾了他所知道的山竹人生中的华彩时刻，对她的工作业绩、艺术才华和为人处世的修养，都给予了极高的评价，好像他给她打的那些C通通不存在，好像他跟她之间从未发生过丝毫不快。

一大堆最高级形容词麻将般哗啦啦倒下来，撞击着吴遒的耳膜，想到自己死后多半也将遭受这样的谀辞轰炸，不禁感到强烈的羞耻。

最后，关聪以提醒大家今后要注意情绪管理，千万不能对抑郁症掉以轻心作结，将这篇悼词的立意提升到一个新的高度。

山竹的母亲忙止住哭泣，面无表情地向关聪致谢："这孩子太不争气了，辜负了领导们的培养。"

说着她挨到遗体旁边，凝视着女儿的遗容，尖声责备道："今天这么多同事来送你，大家都是爱护你的呀。成天净想些不着边的，现在知道错了吧？啊？"

她安静了片刻，慢慢抬起头，像挣脱了一层面皮似的，冲关聪绽出一脸怪异的笑容，接着左右巡视了半圈，将笑容分给大家，说："谢谢你们来送她，让她走得这么风光，她真的是可以含笑九泉了。"

吴遐听着，头皮阵阵发麻，好在告别仪式很快就结束了——下一位死者的亲友在廊檐下排着号呢。

目送山竹被推进火化间后，关聪立刻向她的父母提出告辞，说还得赶回台里安排当天的节目，随后转身关照吴遐："你是山竹最好的朋友，你留在这里，帮着安顿好。"说完扬手招呼其他同事一齐走了。

吴遐不免有些尴尬，好像他不叮嘱，自己就会跟着逃走似的。

留下的亲友分散在廊檐下，等待领骨灰的通知。

山竹爸抱着外孙坐在靠墙的不锈钢长椅上。因为起得太早，孩子已经睡着了。何琪在不远处抽烟，边抽边来回走动。

吴遐陪山竹妈站在外侧的廊柱旁，安慰的话几分钟就讲完了，重复说显得太刻意，就一同沉默着望向远处山坡上的塔松。灰茫茫的天空下，若有若无地飘起了雨丝，不时被冷风刮到脸上，浑身一个激灵，心里便又哀哀的了。

吴遐想起了没出现的沈墨，越发替山竹感到悲哀，不由得生起气来——人家因你而死，你却连送她最后一程都不来，还有半点心肝吗？

"那个人呢，怎么没来？"吴遐小心翼翼地问山竹妈。

"我们不欢迎他来。"山竹妈淡淡地说。

这时何琪突然冲过来，气汹汹地说："他要敢来，我非弄死他不可，直接塞进火化炉！"

"谁又欢迎你来了？"山竹妈厌恶地瞪着何琪。

何琪讨了个没趣，愣了一下，扭头疾步走了。

9

半个小时后，山竹缩成了一小堆粉末，被关在一个暗红色小木匣里。吴遐陪山竹妈将它存进了殡仪馆东北角的骨灰堂。

吴遐挽住山竹妈的胳膊，并肩静立在密密麻麻的骨灰龛前，隔着一小块长方形玻璃与骨灰盒上山竹的小小遗照对视着——那曾是她工作证上的照片。

吴遐的思绪像风中流云，聚不起像样的悲伤，空虚感倒是真切而强烈。

"我对你也是有怨气的，其实。"山竹妈忽然转过脸来望定吴遐说。

吴遐正走神，冷不丁听见这话，不禁寒毛一凛，慌忙垂下眼睑。

她要说星期天的事情了。吴遐想。

星期天的事情，吴遐此前听说了一部分，剩下的是猜测。吴遐很想从山竹妈口中得到证实，但又有点害怕面对，因此一直犹豫着要不要问，没想到她会主动说起。

他们栏目是单休的，一拨人休周六，另一拨人休周日，山竹属于休周日那拨。山竹妈说，以前的星期天，山竹大都跟沈墨在外面度过，出事前，她已经连着几个星期天窝在家里了。她夜里总归是睡不着的，星期天在家补补觉，也没什么不好。山竹妈这样宽慰自己。

出事的星期天上午，何琪来家里看孩子。父子俩先是坐在客厅地板上玩飞行棋，接着搭积木，然后又捉起了迷藏。儿子东躲西藏让爸爸找，客厅、厕所、厨房、大阳台小阳台、两个次卧，能藏的地方都藏过了，还没玩够。

山竹妈坐在沙发上翻一本叫《倾听百忧解》的书，同时留意着外孙，生怕他疯出什么乱子来。正准备提醒他别进主卧打搅妈妈休息，他已旋开门把闯了进去。

"慢点，别摔着。"里面传出山竹懒洋洋的声音。

何琪顺理成章跟了进去，以跟儿子捉迷藏的名义。

山竹妈心口突突直跳，忙支棱起耳朵听，生怕何琪说点什么刺激到山竹。虽然他们之间的恩怨已是前尘云烟，心结却还梗在那里，加之前女婿的脾性，她还是十分了解的。

他们果然聊了起来，一副老朋友寒暄的语气。几个回合以后，何琪果然提到了山竹不愿触碰的话题。

"你跟姓沈的小子怎么样了？"何琪笑道，"听说你们快结婚了？"

山竹没接茬儿。

"你还蛮幸运的。"何琪接着往下说，"我了解下来，离婚带着孩子的女人，是很难再遇到真爱的。人家一般只是玩玩而已。姓沈的小子对你好像倒是一片痴心。三年了吧？还热恋着。我等着吃你们的喜酒呢，抓紧哈。"

山竹妈恨不得冲进去，扇他两记耳光，叫他滚蛋，可终究做不出来。

何琪总算领着儿子出来了，边嘱咐儿子听外婆和妈妈的话，边准备换鞋离开。不料儿子抱起他的皮鞋跑进了厨房，不放他走。

山竹妈呵斥外孙，命他把鞋还给爸爸。小家伙横竖不听。山竹妈只好喊蹲在阳台上莳弄花草的老伴儿带外孙下楼去小花园玩，顺便把他爸爸给送出去……

这些吴遐都知道。何琪倒没有撒谎。她想确认的是何琪走后发生了什么。

"他们三个刚出去不久，山竹就穿着睡衣趿着拖鞋从房间出来了，满脸泪水，一言不发，也打开防盗门出去，但她没乘电梯下楼，而是踩着楼梯往楼上奔，一口气奔上天台，站到边上，要从那儿跳下去。"

山竹妈说，她追上天台，望着情绪失控的女儿，急得差点晕过去，脑子一片空白，安慰的话却自动冒出来。劝了总有十几分钟，山竹才慢慢恢复了一些理智。

"你可以不把父母放在心上，我们不怪你。"做母亲的哀求道，"可你别忘了你还有个儿子，你的儿子就在楼下呢。"

山竹痛苦扭曲的面孔舒展了些。她低垂了头，把目光投向小花园，在蝼蚁似的人群中搜寻儿子的身影。她找到了，他正跟七八个小朋友挤坐在深蓝色的跷跷板上，像羊肉串上的一片肉那样渺小可怜。外公站在近处看着，唯恐他摔下来。没有人注意到天台上有人。

母亲悄悄挨到女儿身旁，搂住她的肩膀，柔声说："你再抬起头看看，多好的天气啊，我们回家晒被子去吧。"

山竹顺从地被母亲领回了家，像个在学校闯了祸的小学生，规规矩矩坐在客厅沙发上。母亲刚松了口气，不料她又失声痛哭起来，哭着弯下腰，把脸埋进手掌里说："他是专程来笑话我的，他知道我是个没人要的女人了。"

"知道他不怀好意，你还上他的当？"母亲微嗔道。

"可是他说对了呀。沈墨是不会跟我结婚的。所有人都看得透透的，就我傻瓜似的信了他这么多年，还当别人都错了。"

母亲无言以对，轻抚她瘦伶伶的背脊，半天才叹道："孩子，可不能太死心眼。你张开眼睛看看，爱情不是人生的唯一啊，你还有亲人，还有很多朋友……"

　　"我哪里有什么朋友，"山竹边啜泣边摇头，"全是装装样子的呀！"

　　"吴遐不就跟你挺好的吗？我来叫她约你出去散散心。"母亲不容分说，进房找出女儿的手机，回来当着她的面打给吴遐。

　　——回忆至此，彼此都讪讪的。

　　山竹妈对吴遐说："你那天要是听我的，把她约出去，她就不会走了。可你已经约了别人，不方便叫她……"

　　电话里山竹妈恳求的声音，吴遐记得清清楚楚。当时她是动了恻隐之心的，可确实走不开，也确实不方便叫山竹出来参加那场饭局——那场她跟何琪约了几十次终于落实的饭局。

　　何琪就坐在对面，笑嘻嘻地望着她跟前妻的母亲通电话。通话前，何琪正眉飞色舞地转述他对山竹说的话。这通电话，对他而言算是助兴。他无疑是转败为胜了。那是他从被山竹扫地出门以来最痛快的一天。当然，他没料到山竹会寻短见。他还不至于那么狠毒。

　　山竹妈用衣袖擦掉泪水，吸了吸鼻子对吴遐说："现在我不怨你了。我谁都不怨了。这毕竟是她自己的决定，没人逼她那样做。"

吴遐不以为然。如果不是沈墨欺骗她的感情长达三年，耗尽了她对生活的热情，她怎么可能决然放弃生命？

吴遐压抑着怒火，轻声问道："后来又发生了什么吗？"

"没有。"山竹妈想了想，肯定地说。

山竹哭累了，说要睡一会儿，就起身回房。母亲瞥了眼墙上的石英钟，快十二点了，忙说好好好你先休息，弄好中饭我去叫你。山竹不置可否，进房后虚掩了房门，此后没有传出任何动静。

山竹妈烧饭的当口，老伴儿带着外孙回来了。她忙钻出厨房，示意他们动作轻点，别打搅山竹休息。摆好饭菜后，她轻轻推开主卧虚掩的房门，一眼便望见女儿挂在卫生间淋浴房的铝合金横梁上，像个巨大的扫晴娘，头颈里拴着条淡紫色的丝带，是两个月前女儿过生日，沈墨提过来的蛋糕礼盒上的。

10

午后雨大了起来，一直下到深夜。吴遐强打精神回台里工作，比平常下班更晚了一些，在小区地面车位上停好车，快十点了。

她的情绪灰暗至极，仿佛整个湿淋淋的夜都压在心口。推开车门撑伞出去，一脚踩在松动的镂空地砖上，冰冷的泥水飙进裤腿，像血浆，使她越发感到落魄狼狈。

打开家门，几乎就在开灯的一瞬间，那台落地机械钟突然"当当当"报起时来，声音洪亮到匪夷所思，像寺庙里的钟声，一下一下砸在太阳穴上。

吴遏毫无防备，手上的雨伞和包齐齐跌落，包忘了关拉链，东西撒了一地，人也膝下一软，险些摔倒。钟敲完十下，过了好一会儿，吴遏才回过神来，立刻情绪失控，厉声叫道："是谁给它上的发条，成心不让人睡觉吗？"

小张慌忙钻出保姆房，无辜地直摇头，"不是我。"快步过去打开钟罩，弄停了钟摆。

这时夏沫出现在楼梯上，鄙夷地俯视着母亲："这么点事，也值得大呼小叫的。"

吴遏登时勃然大怒。这孩子，对我这做妈的，从来就没有过一星半点的尊重！

但她还是按捺住肝火恳求道："今天别惹妈妈生气好吗？妈妈失去了最好的朋友，心情坏透了。"

"我才懒得管你的事呢。我和爸爸、秦阿姨说好了，这个周末就搬过去住。爸爸叫我告诉你一声。"说完，夏沫转身上楼去了，随即传来重重关房门的声音。小张也悄悄回了保姆房，轻轻掩上门。

吴遏不记得自己是怎么回房的。此刻她站在穿衣镜前，冲憔悴凌乱的自己微笑。

"山竹命都没了，这算多大点事呢？可怜的山竹。"

她三下两下冲完澡，换上睡衣，推开窗户，站在飘窗前抽烟，任凉风袭面，雨声占领房间。护城河对岸的城楼上，湿漉漉的彩灯像无数泪光闪闪的眼睛，齐刷刷盯着她，盯得她心里慌慌的。

她掐灭烟蒂，关上窗拉抿窗帘，侧躺在床上，打开手机里的音乐 app，循环播放电影《悲惨世界》中的《芳汀之死》，放任悲伤淹没自己，眼泪浸湿枕巾。

"可怜的山竹，你死得太廉价了，天底下哪有一个男人值得女人用命去爱啊！"

她开始头痛，便关掉音乐，从床头柜里摸出山竹送的那条项链，再次站到穿衣镜前，端端正正戴在颈下，久久凝视着。如同有股电流穿过脑海，她蓦然明白了山竹送自己这条项链的用意。

"这是沈墨送她的。她转送给我，是希望我戴出去，让沈墨看见。这是她报复他的方式，是一记无声的耳光，宣告她已经不在乎他的狗屁爱情了。"

这样想着，吴遐心里舒坦了一些，渐渐有些兴奋。

"她终究还拿我当好姐妹，她的遗愿终究要靠我去完成。"

吴遐捏着项链的蝴蝶吊坠，肺腑中涨满了身为好朋友的道义感。

"可怜的山竹，从现在起，我要一直戴着它，来陪伴你孤苦的灵魂，让那些妖魔鬼怪再无法靠近你。"

她忽然又起了个念头。为了山竹，她也要做回键盘侠。于是她从写字台抽屉里取出手提电脑，抱着它坐回床头，开始写追忆山竹的文字，以一个闺蜜的视角，追忆这个美丽天真的女子是如何被一个感情骗子一步步毁掉的，边写边掉泪，脑子被悲伤和激愤搅得热烘烘的。

马路上传来洒水车的电子乐音时，她结束了这篇文章。她感到自己已经用光了所有的力气，多写一个字也不可能了。当然，她知道，一篇几千字的文章，不可能写尽一个人的一生，但是，再长的文章也不可能写尽一个人的一生啊，抓住最核心的就够了。所以，山竹跟何琪那段失败的婚姻，她只简单带了一笔；发生在"人间第一村"的不愉快，她干脆只字未提。

一个人从世上经过，难免会遭受这样那样的打击，但致命的打击永远只有一个。把山竹逼上绝路的，是沈墨那虚假的爱情，别的都无足轻重。

她把文章从头至尾看了一遍，越发坚信这一点。因此，她对这篇文章总体上是满意的，便趁着勇气尚未流失，以长文的形式发在了微博小号上。文中没有点名，但知情者应该都能一一对应；没有署作者真名，但是谁在替山竹鸣不平，大家应该也都猜得到。她也不怕激怒谁，毕竟他们无法咬定这文章是她的手笔，况且谁会蠢到自动对号入座呢？

整夜未眠，她的头脑却格外清醒。她慢慢下床，舒展了一下发僵的腰背和发麻的腿脚，拉开窗帘，推开窗户，放清晨的新鲜空气进来，深吸了几口，难以形容的畅快，便又淌下两行泪来。

当天，文章阅读数就超过了一千，三天达到一万多，然而，没有一条回帖，也没有一个人点赞。吴遐感到愤懑、悲哀，不久想到心照不宣这个词，又释怀了些。

11

沈墨有十来天没露面，再次出现时，与吴遐在电梯间不期而遇。

他一眼就注意到了吴遐脖子上的项链，表情先是微微诧异，随即转为不快，便移开视线，故意不看它。

吴遐自然看在眼里，表面不动声色，内心狂喜不已。

"我为你做到了。"她默默对山竹说。

夜里，又忙到九点多才下班，吴遐走出大楼，往后巷深处的停车场去取车。天气不错，天边斜挂着大半个月亮，前面的小桥边上，立着一个模模糊糊的人影，好像在看月亮。谁这么有雅兴呢？不，他不是在看月亮，他是在等自己。

吴遐心猛地一沉，沈墨已近在眼前。她打算当他不存在，径直走过去。

结果，跟他交错的一刹那，她感到脖子被蛰了一下，眼前一闪，那条项链已被他握在手上。她还没来得及发怒，又听见"咕嘟"一声。他把它扔进了河里。

"你凭什么抢我东西？"她气得发抖。

"我只是拿回自己的东西。"他冷冷地说。

她一时语塞。

"我自然不配做她丈夫，你更不配做她朋友。"说完他就走了。

她怔怔地立在桥头，怀疑方才又是幻觉幻听，伸手一摸，颈下确已空空荡荡。她忙转头望向河面，好像要寻找项链落下去的缝隙，然而河面在被撕裂的瞬间已自动愈合，此刻铺满月光，像一整块暗银色的冰。

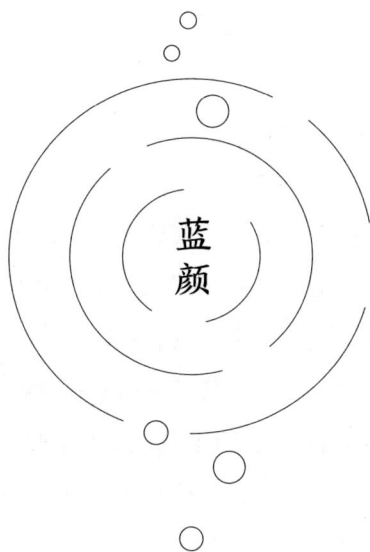

蓝
颜

1

常林有部秘密手机，平时关机锁在单位办公桌抽屉里，是专门用来打给淑桃的——反正他是这么跟淑桃说的。

头一次接到常林用这部手机打来的电话，听他把这个号码说成是他们之间的"专线"，淑桃惊讶之余，既别扭又好笑。"好像我跟他之间真的有什么见不得人的秘密似的。"

淑桃笃定地认为，即便在五年前，彼此来往最密切的时候，自己也始终没让常林突破好朋友的界限。因此，无论当年面对罗皓，还是后来面对青岩，关于跟常林那点事，她都是坦言相告的。

那次，青岩听了常林妻子的污蔑，来向她求证，淑桃十分干脆地说：

"他就是个追过我的人。"

2

淑桃比常林晚半年进这家报业集团，起初都被分配在晚报的生活资讯组。同龄人嘛，互相又不讨厌，很快就成了默契的工作搭档。一个星期至少有三到四天，常林都骑着他那辆破电驴，载着淑桃满城兜，一块儿搜集吃喝玩乐的情报。

常林是这座城市的土著，从出生到上大学，一直没离开过（偶尔出去旅游不算）。爸妈在老城区的老新村有套老公房，他打有记忆起，就在里头住着。读大学期间，爸妈给他在东边的新城区买了套新公寓，为他毕业后独立生活作预备，这样谈朋友也方便些。不料毕业后他倒是想独立生活，却拒绝住新房子，非但自己不住，还把爸妈给撵了过去，自己留在老公房，理由是这儿离报社近，上班方便。

淑桃本来跟男友罗皓租住在老城区的另一头。常林说这不利于他们搭档开展工作，建议她搬到自己家附近来。"这样我们早上可以直接去跑街，省了到单位会合的时间。"

淑桃同罗皓一商量，都觉得常林说的有道理，就同意了。常林无比热心地帮着联系租房，不到一个月，他们就搬了来，跟他住前后栋，站在阳台上就能打招呼。

从此以后，淑桃跟常林走得更近了，上下班都搭常林的电驴。连同罗皓在内，没人觉得不合适。

淑桃和罗皓都是西安人，又是大学同学，同级不同系，大二就在一起了，感情稳固得很。常林虽然没经历过爱情长跑，女朋友却从未断过档。校园恋情就不提了，光是工作这一年，就换了仨，这还只是大家知道的。

所以，即使没有罗皓存在，淑桃也不会考虑常林。后来，常林第一次向她告白时，她瞬间就在他们中间竖起了一道墙，心想："做这么个采花贼的女朋友，就等着当炮灰吧！"

她完全没料到自己会成为常林追求的目标。虽然在编辑部里，她也是排得上号的美女，可常林那三个女朋友：一个隔壁电视台新引进的购物节目主持人、一个报社主办的江东丽人选拔赛亚军、一个东吴文学院读大四的院花，个个都是大美女，艳光逼人那种。偶尔跟她们照面，淑桃总感觉自己瞬间就变成了黑白的。

天知道常林是怎么追到她们的。他不是挥金如土的富二代、官二代，甚至连汽车都不会开，虽说长相还凑合，但离小鲜肉还差着十里地。他最大的核心竞争力，大约就是事业上的潜力吧，可毕竟还潜着。

更气人的是，对那些人间尤物，常林根本没放心上。电视台那个购物节目女主持，跟广告部主任单独在酒店房间开会，被要闻部主任的太太堵在里头，成了轰动全城的奇闻。常林半句解释不听，就把人家给蹬了。江东丽人选拔赛亚军，发现常林跟文学院院花的暧昧微信后，心碎成了渣，自费赴加拿大留学疗伤去了。对青春洋溢、掐得出水的文学院院花，常林也没热乎上几个月，后来就经常不接人家电话，害得人家三天两头堵到编辑部来。

这样的男人太可怕了！淑桃想，满桌子的山珍海味，他东一筷子西一勺，嚼两口就吐掉……

遭遇突袭告白那天，夜里躺在床上，淑桃翻来覆去睡不着，脑海里蒙太奇式地回想着常林丰盛的情史，越想越毛骨悚然，情不自禁翻过身去，搂紧了呼呼大睡的罗皓。

但作为工作搭档的常林，淑桃是欣赏的。名义上是搭档，淑桃多数时候只是给他打打下手罢了。坐着他的电驴四处晃，好吃的吃，好玩的玩，回到编辑部，想写就写点，不想写全扔给他，他几乎从无怨言。加上作为邻居，他又对她照顾有加，因此他们私交甚好——应该说他跟她和罗皓，三个人都处得不错。有时她会恍惚觉得回到了校园，他们仨是一个社团的死党——起码在常林暴露对她的企图之前是这样。

不陪女朋友的晚上，常林常来他们家蹭饭，有时也从菜场拎一堆菜上来，跟罗皓一块儿下厨。两个男人穿着情侣围裙，在厨房与餐厅之间忙进忙出。淑桃蜷在沙发上边啃水果边看电视，不时转脸瞥他们一眼，感到非常有趣，心里美滋滋的。

罗皓是自主创业的，开着家包括自己就三个员工的广告公司，三天打鱼两天晒网的。不过有时应酬也挺多，忙到顾不上家，就打电话给常林，问他有没有约会，没有约会就为淑桃烧一下晚饭，或者带她在外头吃。常林总是有空的。

晚饭后，不管罗皓在不在家，常林总要盘桓到很晚才离开。两个人或三个人一道看电视、打扑克、扯闲篇儿、吃零嘴儿、插上音响唱歌……常林从不拿自己当外人，淑桃和罗皓也从未流露逐客之意。

就那一次，罗皓连加几天班，累坏了，在卧室睡觉，常林跟淑桃在客厅边看电视边互相打趣。后来罗皓笑嘻嘻走出来，指指壁钟对常林说："看看都几点了？你每天晚上赖在我们家，严重影响我们过夫妻生活哎！"常林愣了一下，冲淑桃笑了笑，讪讪地起身出门。

3

尽管后来淑桃对常林起了反感，对罗皓更是深恶痛绝，但每当忆起三个人最初相处的时光，心底依旧温柔得像春风拂过湖面。那毕竟是她无邪青春的一个章节啊。在那一章节里，罗皓还是个宽厚体贴的男朋友，常林还是个绿色无害的坏小子。

当时罗皓对常林信任到那样的程度，淑桃回想起来，总觉得透着诡异。有一次，晚餐后闲聊中，常林说起打算去学车，罗皓随口便接了一句："淑桃也不会开车，你带她一块儿去学吧。"还嫌他俩相处的机会不够多似的。

于是，除了上班时间如影随形，下班以后继续热络之外，他俩又多出了每周两次、来回公交三个小时，去西郊驾校练车的独处时光。

告白发生在学车的最后一天，大路考通过之后。淑桃记得很清楚，那是八月的一个晴天，站在路边等考试，热浪阵阵扑面，几乎封住了呼吸，太阳穴青蛙似的直跳，感觉下一秒就要昏倒。

坐上回城的公交，空荡荡的，开着空调，加上心情已放松下来，自然通体舒泰，尽管路面坑洼不平，车子颠个不停，淑桃依旧仰在硬塑料椅背上，睡得甚是香甜。

朦胧中，她感到有件物体靠近了一下，随即一大滴热水掉在脸上，立刻惊醒过来，伸手一摸，脸颊虽不是十分干爽，但绝对没有水滴。抬起眼睛，只见常林正冲自己诡异地笑。她又是一惊，暗想："他不会亲了我一下吧？太恶心啦！"便皱起眉头责问："你对我做了什么？"

常林边笑边摇头。

"给我规矩点，别仗着熟就乱来哦！"她是真恼了。

常林收起笑容，一本正经地问："睡醒了吗？睡醒了跟你说件事。"

淑桃戒备地望着他，心底升起一缕不明所以的不安。

"你看啊，我房子是现成的，现在驾照也拿到了，回头买了车，是不是该张罗结婚了？"

"猴急什么？怎么着也得等人家院花把书念完吧！"

"等她？"常林沉吟了片刻，捉住淑桃的目光说，"罗皓跟我，你选一个吧。"

公交车的空调打低了，淑桃一阵哆嗦，好像要打个喷嚏，没打出来。

"不好笑！"她转头望向窗外，凶巴巴地说。烈日下，空气像沸腾的水银。

当晚，常林没来她家串门。淑桃心里温吞吞地难受，不痛不痒，可就是无法摆脱，便越发难受了。

第二天早上，常林一如往常，跨着电驴等在楼下，喊她一道去上班。

电驴在弄堂中疾驰，热风呼呼擦过耳际，坐在常林背后，淑桃心里乱纷纷的，像摇着一瓮爆米花。她对自己说，他昨天不过是恶作剧，不用放在心上。但她说服不了自己，反倒越发如坐针毡，捏着他衬衫后摆的手不自觉地松开了，折到身后，抓牢电驴的尾板。

跟往常一样结伴走街串巷，大半天下来，两人却没说上几句话。常林问淑桃是不是身子不舒服。淑桃觉得他是明知故问，带有戏弄的意味，越发气恼，便不搭腔。常林只好跟着沉默。

下午回到编辑部，淑桃立刻回到工位上，打开文档写稿子。常林又挨过来，试着巴结她："不舒服就别写了，有我呢。"结果淑桃把键盘敲得更响了。

连吃几个闭门羹，到了下班时间，常林犹豫着要不要喊淑桃一道走，忽然手机响起来，一看是罗皓打来的。罗皓说今天没应酬，就早点回家烧了几个菜，一则庆祝自己打中了两只新股，二则庆祝淑桃和常林都顺利拿到了驾照。"你快把淑桃带回来吧，记得从楼下带几听啤酒，拎只西瓜上来。"

常林有意当着淑桃高声接电话，一脸得救的表情。淑桃心里直摇头，哀叹罗皓真傻，引狼入室还这么起劲，不禁有点同情他。

晚餐后，三个人又坐到沙发上看电视。淑桃浑身不自在，便说："我去切西瓜。"起身钻进厨房。半天不见她出来，常林嘀咕了一句："那么大个西瓜，她可能搞不定，我去帮她。"也起身往厨房去。罗皓没作声，也没动。

西瓜早切好排在果盘里了。淑桃站在料理台前，右手握着刀把，蹙眉望着窗外，鲜红的西瓜汁沿刀刃聚向刀尖，一滴赶一滴落在地砖上。常林霎时热血涌满大脑，大步上前，从背后搂住淑桃，手指顺着她的胳膊抚摸下去，直到紧握她握刀的手。他把脸埋进她的颈窝，抑制住粗重的喘息，低声哀求道："我忍了太久了，忍了太久了，每天眼睁睁看着你们在一起……救救我，救救我吧！"

淑桃半天才回过神来，吓坏了，本能地挣扎，一时却无法挣脱，只得压低喉咙威胁道："你再不放手我可喊出声了！"

钳住她的力道解除了，她松了口气，转过身来，瞥了一眼这个蓬头耷脑的男人，不禁替他有些难过，便端起果盘，柔声说："快出来吧。"自己先钻出了厨房。

电视被换成了股评节目，罗皓全神贯注地盯着屏幕上咋咋呼呼的专家，似乎完全没察觉厨房的动静。淑桃将果盘搁在茶几上，稍稍隔着点，在罗皓旁边坐下。片刻之后，常林也出来了，稍稍隔着点，在淑桃旁边坐下。三个人都目不转睛地盯着电视，谁都没碰西瓜，好像他们是全市最忠诚的股民。

枯坐了十几分钟，常林忽然嘟囔道："还有点事，先走了。"兀自起身开门出去了。

淑桃的心提到了嗓子眼，等待罗皓发难。他不可能真的一点都没察觉到。她想。然而，直到上床睡觉，他始终没提这茬儿。这反倒令她越发不安，脑子里像有颗台球轰隆隆滚来滚去，害得她整宿没睡踏实。

罗皓可以故作不知，她不能，于是从第二天起，她便尽力避开常林。早早地起床，抢在常林喊之前出门，自己搭公交去单位。坚持独自跑街采访，独自拍照写稿。同事们问起"黄金搭档怎么解体了"，就以分兵作战提高效率为由敷衍过去，或者索性拉上个实习生做盾牌。

好在常林并非十分不识趣的人。既然淑桃坚决疏远，他也就没有持续纠缠。不再约淑桃一同上下班，不再往淑桃和罗皓家跑。或许是想通过改变生活方式来挥别情伤吧，连电驴也不骑了，买了部高尔夫代步。

淑桃宽心了些，同时又分明感到心底多了块空洞。偶尔遇见常林无助地遥望自己的眼神，经过两人曾一同出没的街巷，她都不禁黯然神伤。

她知道他们之间的纠葛还没了结，眼下的平静只是骤雨初歇，真正的风暴还在后头，不降下来，头顶就一直笼着阴云。这样的感觉很不好，必须来一次彻底解决。可究竟该怎么办，她没主意。

一天晚餐后，淑桃蜷在沙发上玩平板，罗皓冲完澡出来，边拿干毛巾搓头发边问："常林怎么有一阵子没来了？你俩不会闹翻了吧？"一副漫不经心的口气。

淑桃心陡然一沉，噎了老半天，然后像从胃里掏出一块石头似的，挤出一句话："他追过我。"

"嗯。"

"他让我在你和他当中选一个。"

罗皓抻着脖子，继续擦头发。

淑桃惊奇地盯着他："一个情敌在眼皮底下晃了那么久，你没感觉吗？"

"好像是有那么回事？"罗皓笑了一下。

"那你是什么感觉？"淑桃小心翼翼地问。

"你还是选择了我，对吧？"得到淑桃默认后，罗皓接着说，"这不就结了？男女之间的事嘛，该谁谁，抢得走的拦不住，抢不走的由他抢。"说完，转身回卫生间。

淑桃将他这种淡然的态度理解为宽容以及对自己的信任，感动得心里咕嘟咕嘟冒泡，便情不自禁跳下沙发，追上去搂住他的脖子，在他脸颊上亲了一记结实的，像皮老虎一样有力。

"我们结婚吧。"她呢喃道。

"不是说等我公司走上正轨，攒够买房的首款再结的吗？"

"管他呢！可以先找我爸妈借点，他们存着不少钱呢。"

4

淑桃开始张罗结婚，消息很快传开了。一个秋雨潇潇的傍晚，常林在单位里昏暗的楼梯拐角堵住了她。首先堵住她的是他的声音。定了定神，她才看清了人影，单薄的黑影像个没有重量的幽灵。

"你跟他不合适。"他说。

她瞬间起了强烈的反感，就像好好地走着，被风刮了一鼻子沙尘。

他还想说下去，被她截断了："我不想听你说这些。"

"你连说说话的机会都不肯给我吗？"

她依稀听到了哭腔，不由动了恻隐之心："下班后，到旁边的迷渡咖啡坐坐吧。"

各自胡乱点了份牛排和饮料后，两人相对默坐。另一名服务生走过来，铺好雪白的餐巾，摆上刀、叉、汤匙，随即走开。

窗外的雨声淅淅沥沥透进来，恍如坐在绿森森的溪边，心中的惆怅便如山间雨雾似的迅速浓酽起来。

了结的日子到了，淑桃却高兴不起来。大概是替他难过吧，她想，毕竟朋友一场，可这事儿实在是帮不了他。

"你认为我是嫉妒吧？"他终于开腔了，"我也一直以为自己是嫉妒，也确实嫉妒，但我仔细想过了，并不纯粹是嫉妒。你们真的不合适。没人比我更了解你们的关系。你们的价值观、你们的兴趣爱好、你们的审美品位等等，全都不在一个频道。你只是习惯了跟他一起生活而已。你以为那就是爱情，其实根本不是。你甚至根本不了解他，根本不知道他每天在忙些什么，也没兴趣知道……"

"你别自以为是了！"那股强烈的反感又冲上喉咙口，她忍不住喝断他，发现服务生正端着餐盘走过来，才压低声音说，"我十九岁就跟他在一起了。"

常林低垂了眼睑，右手抓起面前的汤匙，紧紧攥在手里，微微颤抖。服务生放下餐盘离开后，他慢慢抬起脸，苦笑道："你以为我是个花心大萝卜，对吗？"

淑桃不吭声。

"你错了。跟你不同，我清楚自己想要什么，我不断试错只是在寻找那个对的人。不苟且，不将就，忠于理想的爱情，有什么不对呢？你以为我是故意抢朋友的女人来显示自己的魅力吗？我没那么无聊。谁叫那个对的人偏偏是你呢？……"

淑桃直想笑。窗外的雨越下越大，她的心里却在渐渐放晴。他说得越多越激动，她对他的怜悯就消散得越快。这个自私自大自以为是的男人，真是可笑透顶。他当自己是谁？情圣吗？贾宝玉吗？他以为他征服过几个庸脂俗粉，全天下的女人就都能手到擒来吗？

他的话，她半个字都不想听了，可他还在絮絮叨叨，嘴巴像鲶鱼一样动个不停。

"我知道我说服不了你。我遇到了对的人，可注定要错过她。我非常难过，真的，非常难过，为自己也为你。我看得很清楚，将来你一定会后悔。我不想让你品尝后悔的痛苦，但我做不到。"他俯下身，额头抵着桌角，握汤匙的右手用力过猛，竟生生把汤匙给扳弯了，看着像根不锈钢的豆芽菜。

面对这滑稽的一幕，淑桃差点喷饭。她努力保持凝重的神情，默默祈祷这顿晚餐早点结束。

第二天，常林没来单位上班，淑桃以为他直接采访去了，没在意。快中午的时候，编辑部主任快步进来，笑道："常林这小子，车技也太蹩脚了。昨晚雨夜行车，居然撞断石护栏冲进了河里，又没系安全带，结果断了根肋骨。要不是我及时打招呼，差点被隔壁电视台当奇葩新闻播出来。"

大家听了，不禁哄堂大笑，笑完商量拎点水果去医院探视，顺便臭臭他。淑桃心里震了一下，听着大家的笑声，感到无比刺耳，想起昨晚自己没心肝的样子，羞愧极了，忙悄悄溜出办公室，爬上天台，让秋末的凉风吹散心头的烦扰。

最后她还是决定不去医院看他，以免勾起他的遐想。此时狠狠心，对彼此都好。这样想着，心情就熨帖多了。

常林养伤期间，淑桃跟罗皓麻溜地买了套精装房，搬了家，领了证，简单摆了几桌酒水昭告天下，免除了请常林参加喜宴的尴尬。

两个月后，常林回来上班，社里正好在筹办一份地铁报，他便主动申请调过去。领导一向认可他的能力，不仅同意了他的申请，还任命他为首席记者。

地铁报编辑部跟晚报在不同的楼层，两人就难得照面了，偶尔不期而遇，也只是淡淡地打声招呼，便匆匆擦肩而过。

此后五年，随着境遇的变迁，淑桃想起自己与常林的往事时，心情起起伏伏、百转千回，但不管怎么说，她从没想过走回头路，让这段关系重新升温，也从没想过常林对自己尚未忘情，直至接到他的"专线"电话。

5

"你跟俞青岩交往，按说我是无权过问的，但你们最好注意点，毕竟你是个孩子的母亲了，他那边也是有家庭的。单位里关于你们的流言越传越凶，你应该知道……"电话那头，常林缓缓说道，字斟句酌似的，"桃色新闻这东西，对男人可能没什么，对女人的杀伤力是很强的。"

周六晚上，常林来电话的当口，淑桃正坐在青岩车子的副驾驶上跟他怄气。对婚姻的分歧，是埋在他们之间的地雷，一踩就炸。多数时候，她是小心避开的，可总有理性不起作用的时刻，而且越来越多。

这不是头一次了，淑桃故意当着青岩的面接常林的电话，一声不响地聆听对方的忠告，顺便让青岩也听听。她虽然不承认自己跟常林存在超越同事友谊的关系，但很乐意借助常林对自己超越同事友谊的关心，对青岩施加一点压力。

常林第一次用所谓的"专线"联络她，是在她跟青岩相恋半年后，此后半个月左右就要打来一次。她的态度也从起初的恐慌、抵触，逐渐变得五味杂陈，甚至怀着几分期待。

他始终是个真正关心自己的朋友。生分了五年，她反而更加相信这一点。况且有些事情他说对了。若是当初接受他的忠告，不至于走到这一步。

罗皓是在她休产假的第二个月失联的。连续三天打不通他的电话，她让从西安过来照顾自己的母亲去派出所办了失踪登记，然而依旧毫无音信。去他公司所在的写字楼找，发现办公场所已换成了另一家公司。去工商局查，被告知他的公司都注销半年多了。难以置信地等了半个多月，等来了一个叫苏沫的女人，自称是他的情人，也在找他。

"他失踪前拿走了我十万块。"苏沫倚着防盗门，用力吸了口烟，盯着烟圈出了会儿神，将剩下的半支烟扔在地上，冲淑桃招了招手，"走，带你去找他最铁的哥们儿。"

他最好的哥们儿居然是个做玉雕的土豪。淑桃忽然想起常林的话——是的，我根本不了解他。

这位土豪也失踪了，跟他前后脚。

"躲债去了，在哪儿我也不清楚。"土豪的妻子戒备地望着淑桃，"罗皓我认识，小伙子挺棒的。我老公再有电话回来，我问问吧。要是他们在一起，我让他叫罗皓跟你们联系。"

淑桃这才大致弄明白了罗皓这些年在忙什么。广告公司没整出什么名堂，倒是交了一帮江湖朋友，跟着玩赌石，一度赚了上千万，在圈内小有名气，自然有不少女人贴上来。从去年冬天开始走背字，不知不觉赔了个底朝天。找地下钱庄借了一百万，想在牌桌上翻身，又输光光，只好跑路。

淑桃忙去银行查自己的存款，又去房管局查房屋登记信息，没发现异动，才稍稍定了心。

这一切严重超出了她狭窄的经验。自己本分厚道的老公居然当过千万富翁，一掷千金倚红偎翠，如今又背着一屁股债亡命天下，浮夸得像港片。她感到眩晕、恶心，更多的却是害怕，害怕罗皓真的跟自己联系，仿佛没脸面对的反倒是自己。

他的电话还是来了，一串不像电话号码的数字，不显示所在地。

"你都听说了？"

她不知该说什么。

"没什么。"他笑道，"男人的人生就是一场赌局，赢了笑傲江湖，输了下十八层地狱。我暂时是输了，愿赌服输，好在没连累你和孩子……"

"你不觉得可耻吗？"她忍不住抢白道。

罗皓沉默了片刻说："可耻，输了嘛。"

"你怎么会是这种人？"她感觉自己在跟外星人对话。

"我从来就是这种人！"他忽然激动起来，"你要是不信我还能翻身，我也不想耽误你——常林还在等着你吧？他是体面人，有光鲜的工作，前途无量，你跟他才是正路——噢，听说他结婚了。不过，知道你离婚了，他也会为你离婚的吧？你放心，等我缓过气来，孩子的抚养费一分也不会少给！"

她承认自己是彻底看走眼了。他不是豁达，不是宽容，他只是随便，只是不在乎，或者，无可救药的自卑。

一星期后，她收到一封寄件地址不详的快递，装着两份签好字的离婚协议书，还有罗皓的身份证复印件、一组二寸蓝底证件照，以及一张便条，上面写着："你是报社记者，有路子，我不出现，民政局也会帮你办的。"

一年后，罗皓仍未出现，为了向青岩表明再婚的诚意，淑桃才去领了离婚证。

6

青岩小淑桃四岁，是她婚后第二年进单位的摄影记者，比常林的妻子晚一年。淑桃从前没注意过他，只是走廊里遇见时点点头的关系。他叫她"唐老师"，后来在床上他也故意这么叫。

休完产假回到单位，赶上晚报跟旅游局合作，准备深度宣传本市文化旅游资源，专门成立了文旅项目小组，就安排淑桃担纲专题记者，又把青岩拉进来负责摄影，听她差遣。

青岩就此成了她的专职摄影师，除了拍她叫他拍的风光照，也随时随地拍她。一年工夫，拍下了她生平百分之九十九的照片。这正是她人生中最灰暗的时期，迷茫，挫败，焦虑，失眠，有种强烈的残花败柳感，仿佛眼睁睁看着青春小鸟纷纷飞离自己的树冠。

然而青岩却用镜头捕捉到了她自己照镜子时视而不见的美，那么丰饶，那么确定无疑。他第一次拿给她看时，她不禁一阵悸动，随即是长久的恍惚。"原来我是这么好看的女人！"她暗暗赞叹，又是开心，又是委屈，眼泪便簌簌落下来。

她许多次问自己，为什么会奋不顾身地爱上青岩？仅仅因为他擅长用视觉的幻术满足自己的虚荣心吗？这是一个无法排除的原因。但她还是找到了一个似乎更有力的理由——她是被他身上那股子单纯劲儿吸引了。

也是二十大几的人了，他却仍是少年心性，几乎没朋友，极少参加社交活动，除了不得不应付的工作，完全沉浸在自己的审美世界里。这份超然于世俗生活的专注，让他仿佛披上了一层星夜的清辉。而她陷在世俗生活中这些年，已被成熟男人身上烟熏火燎、油腻污浊的气息恶心坏了。她愿意去他的乌托邦透透气。既然受到了邀请，自然义无反顾。

起初她没想跟他结婚。她希望他们的乌托邦是与世无争的，既不侵犯别人的领地，也不被别人干扰，最好永远不为人知。然而，青岩的单纯劲儿有其危险的一面，一开始就让她的美好愿望落了空。

春寒料峭的下午，第一次发生关系后，他便咬着她的耳垂信誓旦旦要娶她。她只当他是情欲朦胧时的短暂冲动，转过脸来回吻他，表示心领了他的好意。不料他当晚回家，就向妻子坦陈了一切，主动提出以净身出户的方式离婚。第二天早晨，他忙不迭向她汇报进展，说完在她脸上寻找感动与惊喜的表情，看到的却是迅速聚拢的愁云，随后是坚决的摇头。

"我不想伤害你妻子，不想让我们的关系变得复杂和沉重。"淑桃说，"做了夫妻，面对日复一日的柴米油盐，你很快就会厌倦我的。我连做饭都不会，还有个孩子。我不能委屈你做他的继父，你自己都还是个孩子。"说着伸手揉了揉他的头发。

此后，他又恳求了几次，她始终不松口，坚持只做偶尔开开房的精神伴侣。同样令他不知所措的是妻子的忍耐与包容，无论他多么露骨地倾诉对淑桃的爱恋，她始终坚信他只是暂时鬼迷心窍，总有一天会清醒过来。这成功激发了他的负罪感，挣扎了半年左右，他终于打消了离婚娶淑桃的念头。做情人就做情人吧，无论有没有丈夫的名分，她都整个儿属于他——起码她是这么宽慰他的。

淑桃做梦也没想到，有朝一日他们的关系会颠倒过来，变成她撵着青岩娶自己，青岩则支支吾吾面露难色。

这不是头一次了。当年常林苦苦哀求要跟她在一起，她死活不答应。他说她将来会后悔。她确实后悔了。如果当年选择的是他，或许不会经历这么多的坎坷。虽然在打给她的电话里，常林对他的妻子颇多怨言，可大家都看在眼里，他是个疼妻子的丈夫，否则他妻子不会因为担心失去他而做出种种可怕的蠢事。

每次想到在同一个坑里跌了两个跟头，淑桃都羞耻到无以复加。这就是所谓的宿命吧。她暗暗自嘲，心高气傲的女人，往往一不留神就滑到低声下气的位置。

桃色新闻是女人的致命伤。常林这句话又说对了。她以为她跟青岩的小情爱小欢愉妨碍不着旁人，旁人就会视而不见，也是天真得可以。流言初起时，她没放心上，以为会一阵风过去，谁知竟越传越大声，越传越密集，好像每个人都恨不得拎起她的耳朵叫骂："你这人尽可夫的荡妇！"

她被吓懵了。有一回，在电话里听常林转述完那些恶毒的流言，她难以置信地问："怎么会这样？你知道我是怎样的女人。我这辈子只跟两个男人有过，第二个还是在跟第一个离婚之后。我是婚姻的受害者啊，我应该得到的是同情，怎么会是侮辱呢？"

"没办法，群众的道德观就是这样，谁漠视它，谁就会被它吞噬。"常林说，"每个人都活在别人嘴巴里。要是他真的爱你，就应该娶你，给你一个光明正大的名分。"

亲人和寥寥几个朋友也这么开导她。一个女人，到了一定年纪，如果没有一个合法的丈夫，必然会陷入千夫所指的境地。

正是层层叠叠的流言和忠告使她的心态起了变化，将她推到了自己的对立面。不是她要出尔反尔，逼青岩娶自己，是整个社会在逼她呀。他应该理解的，可是他拒绝理解，他一如既往地蔑视（或者说不敢正视）世俗。

"与爱情无关的婚姻毫无意义！"他忿忿地说，"领本大红烫金的投降书回来很光荣吗？"

他说得大义凛然，好像很有道理，可淑桃知道，话里顶多一半的真诚。他只是不愿重演对妻子的伤害。自然，那也并非她想看到的。

争执到词穷，两人在车内沉默着。车外北风呼啸，如同某种猛兽一次次嗥叫着冲过来，粗暴地撞击车身。车子微微颤抖，车里的人也跟着抖。淑桃想道，这样的大风连着刮上十天，冬天就该来了。周围昏天黑地的，她却清楚地看见，牵系两颗心的红绳中间，多了颗硕大的死结，越长越大，像座山丘，她过不去了，他也过不来了。

这时她的手机响了。

7

淑桃打开免提，将手机搁在汽车前部的面板上。屏幕蓝幽幽的光映在前挡玻璃上，常林平和的嗓音从蓝光中飘过来，持续敲打着她和青岩的心脏。

跟以往一样，常林照例转述着最新听到的关于她和青岩的流言。

有几句是真的，大部分则是添油加醋，甚至无中生有。

老郭说，那天上午，他上天台抽烟，不巧撞见他俩躲那儿亲热。——实际上他俩只是站那儿说说话，说的还是置气的话。

夏明说，那天夜里他加完班，去巷子深处的停车场取车，瞧见停在角落里的青岩的车子正剧烈摇晃，车里依稀有两个叠在一起的人影。——淑桃与青岩相视苦笑。

"对了，还有上个星期四，老李在一楼男厕的隔间里捡到你的工作牌是怎么回事？"常林临时想起似的，惊讶地问，"你怎么会跑男厕去？"

"我也不知道我的工作牌怎么会出现在男厕所！"这件本无关紧要的屁事儿已经困扰她好几天了，大家议论背后的猥亵意味令她羞愤交加，因此她忍不住大声辩解道，"可能是我走路的时候不小心弄掉了，被某个男同事捡到了，他还没来得及还我，又弄丢在男厕……"她喘了口气接着说，"也有可能是某个人想陷害我，趁我不注意拿走了它，故意摆到男厕里，引别人产生龌龊的联想！"

青岩伸过手来，轻抚她的手背，想让她冷静些，又厌恶地瞪了手机一眼，摇摇头，示意她挂掉电话，别再听常林东拉西扯，令自己不痛快。

只是几个简单的动作，却如闪电划过脑际，那个困惑了她大半年的疑团，瞬间现出了答案。

五年来，他一直没跟我联络，工他的作，升他的职，恋他的爱，结他的婚，像个模范丈夫的样子，为什么偏偏在听说我有了新的恋情之后，冒着被他那醋钵子老婆发现的风险，又来招惹自己？他不厌其烦地转述别人对我的诽谤和非议，再三重复那些没用的友情提醒，真的是一个难忘旧情的老朋友出于善意的关心吗？

不不不，这不合理！我真够傻的，还真拿他当可以交心的朋友。他明明是来看我笑话的。他借传达别人对我的羞辱来羞辱我，巧妙地掩饰了自己的卑鄙心理，而且比他直接羞辱我效果更好。

他做这一切都是为了报复，报复我五年前没有遂他的愿。他跟他们是一路的。他也认定我是个人尽可夫的荡妇，如果在羞辱我的同时还能趁机分一杯羹，了却夙愿，那就更好不过了。

完美的计划，道貌岸然的混蛋！还有他那老婆，天哪，他们可真是绝配！

淑桃死死抓住青岩的手，极力遏制住怒火，冲手机冷笑道："别人的嘴巴，你我都堵不住。你管好你老婆，我就很感激了。"

照常林对淑桃说的，他的婚姻完全是场误会，是个天大的笑话。

他的妻子曾是他的实习生，叫常琳，跟他的名字同音。大家啧啧称奇，说这是几辈子才能修来的缘分，都劝他们在一起。她又主动倒追，他一时糊涂，真当是天作之合，就睡了她，不久她父亲就找上门，勒令他娶了她，形如圈套。最令他伤脑筋的是她的公主病，稍不顺意就闹个不可开交，完全不计后果。

她不知打哪儿听说常林跟淑桃有过一段，就恨上了淑桃，认定淑桃是专门勾引有妇之夫的狐狸精，逢人就讲她坏话，合纵连横孤立她，甚至试图劝素无交集的青岩甩掉她。

有次常林向淑桃透露："她居然叫我想办法把你从单位撵走，最好把你从这座城市撵走。"

"那你打算怎么撵我？"淑桃笑问。

"我怎么可能由着她胡来？"常林说，"我决不允许她伤害你。你自己也要当心点。"

世上怎么会有这么可笑的女人？淑桃在心里直摇头。可是，在这个秋风呜咽的夜里，淑桃忽然理解了她的荒唐。

她不过是他的一粒棋子，是他训练出来吓唬我的一条狗，眼看她要咬着我了，他就稍微拉拉绳，显得跟英雄救美似的，以骗取我的信任。

他和我之间那点事儿根本没几个人知道，除了他自己，谁会对她讲？就算确实有人无聊到对他妻子造谣，说我勾引他，他比谁都了解真相，他每天都在她身边，如果真的在乎我的名誉，他为什么不替我澄清？只有一种解释，他是成心的，这就是他想要的局面：用我来引燃她的妒火，再用她来挟制我……

淑桃浑身僵冷，寒风仿佛穿透了车身，撕扯着她的头皮，封堵着她的喉咙，使她半个字也说不出来。她竭力控制自己，不让自己在青岩面前歇斯底里。可青岩还是感觉到了她的异常，于是毅然抓起她的手机，切断了常林温润的嗓音。

8

再接到常林的电话，已是一个月后，一个细雪天。

淑桃的心情早平静了下来，或者说归于淡漠了。该怎样便怎样吧。跟青岩，好一天算一天。对常林，能不理就不理，甚至都懒得揭穿他了。不管别人怎么说自己、待自己，总得强打精神过下去。作为一个孩子的妈妈，她不可以任性了，不可以骄傲了。情啊爱啊，到头来总是虚妄。她暗下决心，今后要努力工作，保重身体，学着烧菜，多陪孩子，不把幸福的希望寄托在别人身上。

她没打算再接常林的电话，可这次他没用"专线"，用的是公用电话，她想都没想就接通了。

常林说："专线以后不能用了，被她发现了，又是一场大闹。"

遗憾的语气让她直想笑，笑这些猥琐、愚蠢、可怜的人。

"见个面吧，有些话要对你说。"常林强调，"怕你误会，只能当面说。"

这半年多，他约她见面不下十次，她都拒绝了，可这次，她竟鬼使神差地答应了。赴约的路上，她一直困惑着，明明很抵触的，怎么就答应了呢？或许只是好奇吧，想看看他又有什么花招。她试着说服自己，总要做个了结的，当面说穿也好。

约在离单位三个街区的钱塘茶馆。太近了不行，会惹人闲话，她不怕他也怕。太远了她更不乐意，好像他们真有什么秘密，需要避开全世界似的。

晚上八点多，风大雪冷，有家的都回家了，茶馆里没几个人。淑桃没想到居然是自己先到了，踌躇了一下，挑了个靠窗临街的卡座坐下。室内空调打得很高，窗玻璃蒙着白雾，人造革沙发与人造石桌面都热热的。淑桃感到有点气闷。这时常林来了。淑桃老远就注意到他慌张的神色，以及他故作从容的努力。做贼心虚就是这样吧，她想。

他在对面坐下，点完单就陷入了沉默，直到服务生端上茶盏，倒好两杯离开，他依然不开腔，微低着头，右手食指发电报似的叩着桌面，表情凝重，好像在思索人类终极问题。

"你是叫我出来配合你演默片的吗？"淑桃开了句不友好的玩笑。

他笑了一下，又犹豫了片刻，从灰呢西装内袋里掏出一件亮闪闪的东西，摆在桌面上。"我一直留着。"

是那把被扳成豆芽形状的汤匙。

淑桃想笑又有点鼻酸。"你够无聊的，快扔了吧。"

他摇头。"要留着，留个念想。这么多年，它就像我的十字架。"

淑桃的伤感情绪顿时被他这句话蒸发了。她猛地抓过桌子内侧的餐具盒，取出一把崭新的不锈钢汤匙，对着常林的眼睛晃了晃。"你现在还扳得弯吗？"

常林怔了一下，摇摇头，望着淑桃说："你说俞青岩是真心爱你的，那他为什么拖着不娶你呢？他应该立刻娶你，然后带着你离开这个是非之地，去别的城市重新开始，或者索性跟你回西安。有次你不是说过有回老家的想法吗？"

"我没打算跟他结婚。"淑桃讥诮地笑道，"他老婆又不像你老婆，我不想抢走一个善良女人的丈夫。"

常林一时语塞。

"你为什么不再试一下呢？"淑桃将那把新汤匙推到常林手边，"既然你的婚姻那么不幸，我又恢复单身了，你可以跟她离婚，再来追我一次啊。如果你够有诚意，没准儿我会答应呢？"

"淑桃……"

"真的，我比以前好追多了。"淑桃笑着说，眼睛闪着湿润的光泽，"其实我以前也不难追的，只是那会儿已经有主了嘛。"她叹了口气，"你们这些男人啊，不是在我不方便的时候招惹我，就是在自己不方便的时候招惹我，完了还说我招惹你们——你们怎么都这样啊？"她抬起拳头，用力压着鼻尖，不让泪水涌上来。

"凋谢的青春是捡不起来了，错过的就让它错过吧。"常林说，鼓了极大的勇气似的，"虽然我永远不可能把你从心里放下，但从你的角度想，确实应该下决心换个环境，这样才能逃出从前的梦魇。上次你说你爸在西安文广局有熟人，打算疏通疏通把你调过去，进行得怎么样了？"

"我习惯南方温润的气候了……"淑桃猛地回过神来，"你是在替她撵我吗？这就是你约我出来的目的？"

"你怎么能这样想？"常林露出痛心的表情，"我是在保护你啊。过去这半个月，我家里已经闹翻天了，门窗都被她砸烂了。她爸是高中化学老师。有天她闯进她爸学校的实验室，要拿瓶硫酸出来毁你的容，幸亏被她爸的同事拦下了。她天天发狠要找报社领导反映情况，要让我和你，还有你的俞青岩，通通身败名裂。你知道，她那个人没轻没重的……"

淑桃被暖气熏得晕晕的，耳边嗡嗡的，恍惚是坐在西伯利亚原始森林边的小木屋里，听守林人讲林子深处怪物伤人的故事，半点害怕的感觉都没有，只是觉得可怜，整个人间都可怜。

"窗户能开吗？"她转脸望向望不见的窗外说，"闷死我了。"

常林忙起身旋开窗框上的月牙锁，将窗扇向外推去。

雪下大了，不再随风乱飘，而是坚决地、前赴后继地扑向地面。

淑桃站起来，将窗户开到最大，俯在窗台上，尽力伸出手臂，摊开手掌。雪片纷纷跌在手心，化作丝丝凉意。常林迷茫地望着她，焦灼地等待着。终于，她回过头来，面颊潮湿，不知是雪水还是泪水。

她绽出一抹水淋淋的笑容，问："今天出来见我，你老婆知道吗？"

常林连忙摇头。

淑桃指着窗外的雪夜说："如果我像雪花一样，从这儿掉下去，你怎么向你老婆交代呢？"

常林紧张得弹起来，衣袖碰翻了面前的杯盏，瓷器破碎的噪声像一阵哄笑。

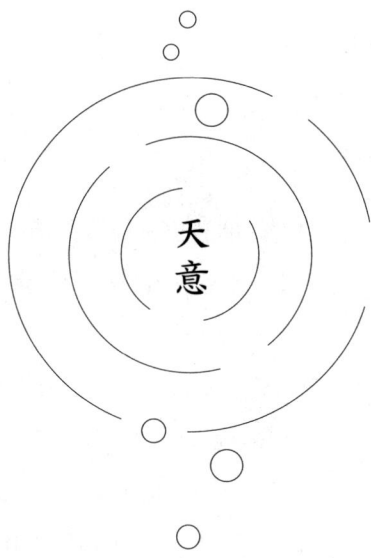

1

　　他们这是个比较清闲的科室，简称德法办，所以这一向，大家三天两头聚一块儿，围着梁春安的办公桌或站或坐，探讨他的婚姻大事。

　　大学临毕业之际，梁春安蹬了在一起两年多的女朋友，跟徐雪蓉好上了，过后就随她来到她的故乡索城寻找工作机会。徐雪蓉经母亲一个男朋友介绍，进了家国营证券公司。而同样学金融的梁春安，起初的半年就换了四份工作。在此过程中，他渐渐意识到自己大概不适合这个行当。他的秉性中缺乏金融从业者所需要的野心和闯劲，缺乏对拥有更多财富热腾腾气咻咻的欲望。他自然是爱钱的，但又不愿在挣钱上费太多力气，日子过得去就行。

　　那半年里，徐雪蓉虽然没说他什么，但他能感觉到她内心的不悦，所以也焦虑起来。他宛如置身茫茫雾海，只知此地不宜留，却不知该朝哪个方向走。焦虑慢慢变成了自卑。面对面一起吃饭时，他都不敢抬头看她的脸，生怕她的眼神泄露一丝轻蔑。但这倒也没刺激他发奋。自卑惯了，又变成了自暴自弃。

他想，大不了被她看不起被她蹬掉呗，我不也蹬掉过别人？她提分手我就默许，然后悄悄离开索城。

以前的女朋友已经原谅他了，又互加了微信。他若离开索城，说不定还能重回她怀抱。不过，这一假设没有发生，因为他在无所事事刷网页的当口，意外地刷出了公务员招考的新闻，眼前一亮，如在雾海中望见了一盏引航灯。

他报考的是市场管理局的岗位，跟他的专业还算沾点边，录取后不知怎么回事，给调剂到了这个新设立的德法同行综合治理办公室。虽说第一感觉是比较荒诞，但入职后发现，事儿少，待遇竟也不比别的科室差，心态就平和了，还略带点暗喜。

2

徐雪蓉跟梁春安一直没像别的小情侣那样婚前同居。

她是本地人，家里老房子就在索城东南十几公里，是当年父母离婚后划给她们母女的。母亲又是观念保守的人。自己一个有过婚史的中年女人，尚且谨守不领证不同居的原则，何况是白纸一张的女儿？徐雪蓉自回故乡参加工作以来，除了去外地旅游，一次都没敢在外留宿过。

照她估计，母亲弄不好当她还是处女呢，否则不可能几次三番提醒她，必须咬紧牙关守住最后的防线——"要是结婚前被男的翻光了底牌，你就贬值贬到阴沟里头去了。"

每次母亲提这茬儿，徐雪蓉惶恐的同时又不禁暗笑。母亲哪知道，在梁春安之前，她就交过两个男朋友了。她最关键的底牌，高二那年就跟着卫生纸冲入下水道了。

奇怪的是，她已经完全记不起那个男孩子的名字和样子了，却还记得第一次时自己身上飘散出的死老鼠的气味。这一记忆是如此清晰持久，以至于打那以后，每次跟男人做那事儿，只要一吸气，死老鼠的气味就涌满呼吸道。她以为换个男朋友，没准儿能摆脱它，换到梁春安这里，才算死了心。对那事儿，她一直都是又想又厌恶，越想越厌恶，越厌恶越想。

3

两人在一起快三年了，结婚之事才首次进入讨论范围。

提的人不是梁春安也不是徐雪蓉，而是徐雪蓉的母亲胡爱英女士。

夏天的某个星期五晚上，梁春安照例乘公交护送徐雪蓉回家，送到楼下，守在那儿，等徐雪蓉上楼进屋，拉开窗户，探出上身，冲他微笑挥手，他也就微微笑、挥挥手，转身往公交站台走。

那天徐雪蓉探出上身后没挥手，而是边招手边喊："我妈叫你上来坐坐！"

他头皮发麻，如同中学时代调皮捣蛋被老师当场逮到。

防盗门在他面前自动弹开。他逼着自己上楼，脚脖子上像拴了几十公斤的铁镣。

他并非第一次跟胡爱英打交道。同女儿相比，胡爱英热络健谈多了，每次见到他，都滔滔不绝问长问短：家里如何，工作如何，业余干吗……聊起来就不会冷场。但他本能地感觉到，她的热情背后暗藏着某种陷阱，使他不由自主地后撤，随时准备撒丫子逃跑。

她示意他同女儿并肩坐在长沙发上，给他冲了杯桂圆红枣茶，搁在他面前的茶几上，自己在茶几当头的单人沙发上坐下。

"小梁啊，你准备什么时候向蓉蓉求婚？"她直切正题，嘴角和眼角都翘得像元宝。

梁春安愣了好一阵。他压根儿没想过结婚的问题。他上头还有个哥哥，也还单着，家里没轮到催他呢。再说，他对眼下的生活方式已习以为常，并不急于改变。

徐雪蓉虽说从不留宿他的出租屋，但隔三岔五地，总会在那儿盘桓几个钟头，生理需要不成问题，个人空间也有保障，偶尔跟单位那些老男人们出去玩到凌晨，也不用担心无法交代。这样的状态，为什么要打破它呢？

但既然准岳母把婚事搬上了台面，女朋友也在边上期待地盯着他的脸，他就不能不作正面回答。

"我早想求婚来着。"他梗着脖子说，"担心雪蓉还有阿姨您不答应，只好强忍着。"

胡爱英笑出声来："我们有那么不通情达理吗？"

梁春安忙摇头。

"你俩是大学同学，知根知底，我放心。现在也到了成家的年龄了，我替蓉蓉给你句话：你来提，我们就同意。——抓紧回去准备吧。"

梁春安一时摸不着北。准备个啥呢？他隔着裤子拧自己大腿，拧了五六下，自以为茅塞顿开，忙表态："阿姨您放心，我打算先买房再买车，也就这两年的事儿。"

胡爱英笑道："买房买车不用讲，我们相信你有这个能力。你先回去跟父母通个气，把彩礼准备一下。你可能不了解，我给你透个底，我们索城的行情是，最少二十八万八，这样才算不难看。"

像下课前数学老师留了道复杂的应用题，梁春安茫然地点点头。

4

隔壁办公室的老陈来串门，头一次加入讨论梁春安婚姻大事的茶话会。挺着大肚子的石雅楠主动替梁春安介绍情况："……因为彩礼的事儿，僵了几个月了。二十八万八是狠了点，我去年结婚——"

"二十八万八还叫多？正常偏低！"没等石雅楠讲完，老陈就铁口直断，并冲梁春安笑道，"入乡随俗嘛年轻人！人生一世，说到底就活个'体面'二字。婚丧嫁娶，街坊邻居都盯着呢。你彩礼出不到位，人家父母脸上能挂得住？别肉痛，没有哪家亲爹亲娘真靠卖孩子赚钱的。你出多少，到时候人家都会贴一点返回来，还是进你口袋。"

梁春安泛起自嘲的笑容，边听边摇头。"想得美。我问清楚了，她妈并不是单纯想走个形式。人家说得很直白，说结婚不是恋爱，得务实，就像开公司，彩礼呢，相当于注册资本。婚姻经营得好，这笔钱跑不了，还会不断增值。万一经营不善，闹到破产，钱就没了，算是为不珍爱婚姻买单。"

"听着蛮有道理嘛。"朱清宇哈哈大笑。

"有个屁的道理，根本是在偷换概念！"老陈的态度直线调头，"如果结婚真的就像开公司，也应该是双方共同入股、共同经营、共同负责。请问女方入了什么股呢？"

"女方大概是以青春美貌入股的吧。"朱清宇望着梁春安调侃道。

"少扯淡！"老陈说，"女方是悄悄站到了债权人的位置上，只享受权利，不承担义务。这明显是份不平等条约。小梁，我建议你谨慎出资。彩礼恐怕只是个开始。这么精明的丈母娘，摊上了就是一辈子的债主。将来她随时可能会要求你增资。"

梁春安像头惫懒的狗熊，整个儿窝进转椅里，长叹一声苦笑道："被你说中了，已经涨到三十八万八了！"

除了已知内情的俞少坤，大家都满脸愕然。

石雅楠抢先问道："怎么才几个月，就又涨了十万呢？"

"对啊，不合常理嘛。"黄晋附和道，"二十八万八都谈不拢，还能坐地涨价？！"

俞少坤没凑进人堆里，一声不吭坐在自己座位上，十指交叉垫着后脑勺靠在椅背上，责备地睥睨着梁春安。

他比梁春安早一年进单位，两人年龄、趣味相仿，不光在单位走得最近，下班后也常一块儿玩，所以他跟徐雪蓉也是蛮熟的朋友。

梁春安如此随便地吐露自己的隐私，供大家调侃取乐，在俞少坤看来，是对他自己，更是对徐雪蓉的不尊重。但同时，俞少坤又能理解他的心态。梁春安属于优柔寡断、没啥主见的性格，时不时地鲁莽一下，完了又悔恨不已。他既不相信自己的判断，也不信任别人的建议。他的自我暴露，只是缓释内心焦虑的一个出口，算不上变态的癖好，也不是为了征求解决方案。

梁春安茫然地望望大家，最后像个白痴似的咧嘴笑道："我也不知道怎么搞的哎！"

5

那晚，从徐雪蓉家下来，被夏夜的凉风一吹，梁春安头脑清醒了几分，随即像吃馊掉的食物吃撑了似的感到浑身不适，心想，我虽然算不上什么东床快婿，但还不至于寒碜到跟农村里的老光棍儿一样花钱买媳妇儿吧！

他把同龄已婚的同学、同事挨个儿在脑海里过了一遍。自己是头一个结婚被赤裸裸索要彩礼的，而且还没求婚就被索了！

他越想越窝火，一坐上回城的公交，就给徐雪蓉发了条微信："母女俩联手给我下了个套？"后头跟了个阴险的表情，以缓和生硬的语气。

但还是激怒了徐雪蓉。今晚这一出，也出乎她的意料之外。此前母亲问过她梁春安是否求过婚，但从未跟她提过要彩礼这档子事。所以，面对母亲对梁春安搞突然袭击，她窘到不行，心里直怨母亲市侩，弄得自己也一身俗气。

梁春安刚出门，她就沉下脸冲母亲嚷道："你在干什么？你想让人家觉得我们是财迷吗？"

"你太嫩了。"母亲摆摆手，表示不屑跟她啰唆，"要彩礼，是测试男人诚心不诚心最简便的办法。再说，我漫天开价了吗？一会儿我去跳广场舞，你跟我一道去，随便拉住个阿姨问问，按照目前的行市，二十八万八是不是最低价？我家女儿还不值二十八万八？笑话！"

徐雪蓉冲母亲翻了个白眼，立起身进了房间，关上门，坐在写字台前生闷气。正生着气，梁春安的微信来了，火上浇油。

下什么套？难道在你心目中，我还不值二十八万八吗？

徐雪蓉被自己吓了一跳。才一转身的工夫，妈妈反驳她的话，就成了她自己的想法，而且越想越觉得在理。彩礼确实能测出一个男人对自己真心不真心。

"无论跟不跟你结婚，我都不会要你一分钱。"她冷冷地回道，"彩礼不彩礼，是你跟我妈之间的问题，你跟她谈去，别扯上我。"

听徐雪蓉这么一说，梁春安越发相信，这是母女俩合谋给自己设的局。不然怎么偏偏是二十八万八？这几乎正好是我工作以来存下的钱。徐雪蓉不说，她妈怎么知道？这可是我的买房本儿，全交出去充所谓的彩礼，不是瞎扯淡吗？

梁春安下意识地摸了摸兜里的钱包，提醒自己千万不可冲动。

6

那晚以后，有半个多月，两人避不见面，偶尔互发微信，也只说点不咸不淡的话，"吃了吗""睡了吗""过马路注意安全"，诸如此类。以前说不完的共同话题通通消失了，两人都像转型升级后的唐僧，成了天底下最沉默寡言的人。

自然也没了身体上的交流。幸而自古以来，对男人而言，只要经济上不拮据，解决生理问题总不成问题。然而，单纯的生理满足重复几次，他的心房便像一间热热闹闹的厅堂忽然空掉，迅速被尘埃和蛛网封锁。那股干燥的霉味儿让他寂寞得受不了。

他试着承认嫁女儿要彩礼并不是什么惊世骇俗的无耻行径，虽然周围的朋友都没摊上，但放眼全社会，还是普遍现象。他开始怀疑自己是不是个特别吝啬的人，自己是不是真的把金钱看得比爱情还重要。

结论是否定的。他想，如若徐雪蓉要他给她买什么实际需要的东西，即便十万二十万，他也是愿意掏的；如若徐雪蓉得了重病，哪怕倾家荡产、借高利贷、去卖肾，他也是愿意为她治的。

那怎么就不能掏这笔彩礼呢？他告诉自己，这不是钱的问题，这事关尊严、事关段位。若以付彩礼的方式交换婚姻，他就跟没文化的老光棍儿没区别了，徐雪蓉也就跟被拐卖的小媳妇儿差不多了。这才是真正的不体面。

但他并没有因为想通了就安之若素，他依然困在层层叠叠的自我怀疑中，于是他从俞少坤开始，陆续征求了科室每个同事的建议。

俞少坤说："自己的终身大事，别叫旁人瞎搀和，自己冷静权衡后做抉择。"

梁春安点点头，心想，等于啥都没说。

朱清宇说："就算答应给彩礼，也得留个心，千万别付现金，必须通过银行转账，把用途备注清楚。这样，万一女方拿了钱又悔婚，还可以到法院起诉拿回来。"他举例说，他有个表弟，是个盲人，就因为没注意留证据，被一个跛脚的离异女人以彩礼的名义骗走了九万九千九。

梁春安听了直皱眉，就像被人强喂了一只苍蝇。

黄晋和杨韬观点一致，说凭你梁春安的条件，只要宣布恢复了单身，分分钟就有漂亮小姑娘投怀送抱，还倒贴二十八万八。

梁春安听了心花怒放，胃里又泛起委屈的酸液，说："哪里哪里。"

反对最激烈的是石雅楠。

"如果不给彩礼就不结婚，那爱情算什么？决定一生姻缘的是通货膨胀不断贬值的钞票，爱情却比空气还轻，是这么个意思吧？"石雅楠藐视着梁春安说，"去年我跟我老公结婚之前，我公公婆婆主动用一口大皮箱提着礼金上门。我爸妈坚决拒收。他俩把皮箱搁我家沙发上，转身就往楼下跑。我爸妈立马给他们打电话，说了句很重的话：'你们这是在侮辱我们，如果不把钱拿回去，这亲咱们就不结了！'老两口只好老老实实回来提箱子。——现在两家人好得不得了。"石雅楠低头看着自己微凸的肚子，娇羞地笑着，温柔地摸了摸它。

梁春安望着她的肚子咽了下口水，讪讪地说："我也是不想让爱情被铜臭玷污，才这么纠结的。不过有的时候，为了保住爱情，也许真的应该向世俗低头吧。我也不知道自己还能挺多久。"

"别妥协。"石雅楠一脸庄重，"别让我看不起你。"

此后大家一碰见梁春安，就重复一遍各自的观点，偶尔做点微调。但实际上调不调都无所谓。梁春安压根儿没放心上。他只是乐意不时跟大家聊聊，一聊心里就松快些，好像事情变成大家嘴里的话题，就跟自己剥离开了，自己也成了兴致勃勃的旁观者。聊完散了，心里又疯狂长草，期待着被下一场聊天刈割。

他的婚事就这么搁浅在没完没了的聊天里，既不起航也不拆了船卖废铁。他同徐雪蓉不战不和，不统不独。他心知维持现状终不能久长，但又没勇气主动打破僵局。他不确定敲碎蛋壳出来的是唧唧叫的生命呢，还是很快就会发臭的固液混合物。

7

下班后，梁春安跟黄晋、杨韬、朱清宇一道晚餐，打算吃完先去打羽毛球，再去索城国际温泉会所洗个澡按个摩。

胡爱英忽然来了电话。梁春安左手拿起手机一看，右手送到嘴边的薄饼包烤鸭就掉在大腿上。他忙起身奔向餐厅门外听电话。

"小梁啊，有阵子没见你送蓉蓉回来了嘛。"胡爱英单刀直入，"是不是要彩礼把你给吓跑了呀？"

"不是，其实，那个……"梁春安一时无从应答，感觉自己的脸胀得像猪脸。

"今晚蓉蓉公司聚会，在老西门饭店，恐怕会弄到比较晚。女孩子一个人走夜路不安全，你帮忙送她回来一下，好吗？"

多日不见，又存了芥蒂，再次并肩坐在公交上，彼此面上都淡淡的，心里都酸酸的，想若无其事说点新鲜、愉悦的话题，喉咙却像被看不见的指头捏住了似的。两人甚至下意识地往两边让着，以免碰到对方的身体。

这种感觉糟透了，仿佛以往的亲密全是幻影。

从公交上下来，往徐雪蓉家所在的小区走。梁春安命令自己不管不顾捉住她的手，强行穿透那无形的障壁。她的手僵硬了片刻，屈服似的瘫软在他的手里。这让他觉得自己像个臭流氓，放开也不是，不放开也不是，只好不尴不尬地牵着，不像一对情侣，倒像绑匪和肉票。

被绑架的明明是我！梁春安这么想着，恼怒起来。他决定送她到小区门口就放手、告辞、离开，最大限度地保全自尊，同时避免被她母亲逮住。

然而，胡爱英仿佛算准了梁春安的心思。他们刚走到小区正门外，她就从正门内侧的阴影里闪了出来，笑盈盈地望着梁春安说："这么巧啊，我下楼到便利店买点东西，就遇到你们了！"说着她把脸转向女儿："蓉蓉，你先上去，我跟春安聊几句。"

两人不约而同望着徐雪蓉迟疑远去的背影，直至消失。

"老实说，是不是对我有了看法？"胡爱英仰脸冲梁春安笑道，笑脸被路灯光刷成了葵花籽食用油的颜色，假得像蜡像。

梁春安庆幸自己恰好站在阴影中。

"彩礼的事情让你不开心了？"

梁春安不作声，心里很满意自己勇敢地默认了。

"既然要做一家人，我希望大家都能开诚布公，说出真实的想法。"

"我是准备结了婚就买房，房产证上写两个人的名字。"

"房产证写谁的名字，可以到时候再商量。总要把婚先结了呀。你打听清楚没有，我们提的是不是最低标准？"

既然她这么直白露骨，不依不饶，梁春安决定也不兜圈子了。

他深吸一口气，尽可能平和地说："单位老同事告诉我，索城确实有这么个风俗，男方先给彩礼，女方收到后，再贴一点返给男方。我想，我们都是思想开通的人，没必要走这种毫无意义的过场，我也不希望你们贴钱……"

"我们没准备贴钱给你呀。"胡爱英哧哧笑道，表情像个天真的少女。

梁春安又无语了。他想，世上怎会有如此厚颜无耻之人。

"你大概觉得我是个庸俗、愚蠢的老女人吧？"胡爱英说，"我毕竟比你虚长了二十几岁，自认对人、对社会，比你看得要深一些。"接着她就发表了那番结婚如开公司的高论。"也别太有压力，年内做出决定就行。今天晚了，就不虚留你了，有空来家里吃饭。"

这个自以为是的更年期精神病！一路从公交车上游荡到家里床上，梁春安把胡爱英骂了千百遍。

绝不能让她得逞！睡着之前，梁春安做了个决定。

8

第二天上午，梁春安请假去了趟奥迪4S店，订了台中等配置的A4。他眼馋好久了，原计划五年内买的。

半个月后，他提了车，主动去徐雪蓉公司接她下班，送她回家，径直上楼，进门，往沙发上一坐，当着胡爱英的面，文雅地把车钥匙搁茶几上。

"终于下决心买了台车，完全是为了接送蓉蓉方便。以后只要没被事情绊住，我每天都来接送。"

他知道，母女俩虽然表面装作波澜不惊，内心一定都被震撼到了。好久没这么爽过了，他恨不得起身站在电视机前面来段即兴表演。

"结婚的事准备得怎么样了？"胡爱英面带微笑问道。

"一切顺利。"梁春安决定再不跟他们讲半句实话了，"买车也是为结婚做准备的嘛。我跟家里商量过了，索性咬咬牙，一步到位。我爸妈正筹钱呢。"

胡爱英点点头，目光闪烁，没再说什么。

梁春安言而有信，自此每天接送徐雪蓉上下班。虽然上下班高峰时段，单程就要一个多小时，但作为新手上路，他丝毫不以为苦。

汽车和一整套谎言给了他莫名的自信。他寻思，起码在同胡爱英约定的春节之前，没必要为婚事烦恼了。春节以后会怎样？船到桥头自然直嘛。撒谎撒顺溜了，就绵绵不绝了。

他又恢复了兴兴头头的状态，而徐雪蓉比冷战阶段更沉默了。佝偻在他新车的副驾上，她看上去就像个乡下姑娘——她本来就是个乡下妞！他透过车内后视镜打量着她，不觉起了轻薄之心。

送她回去的路上，他忽然说："想做爱了，去我那儿吧。"

她直视前方，摇摇头："结了婚再说。"

他不由分说，打转方向，直奔自己的出租屋。在楼下停稳熄火后，他下车，绕到她那边，拉开门。她依旧摇摇头，拒绝下车。他在副驾门外杵了少说五分钟。双方僵持着。然后，他一脚踹翻路旁的垃圾桶，冲一个踱过来准备批评他的老人吼了句"看什么看"，迅速钻回驾驶室，猛地关上门，转身扫了眼后座，发动车子出了小区，一路开到索城西南郊的迷渡桥下，再次熄火，说："就在车里做吧。"说着拉徐雪蓉的胳膊。

一千只死老鼠的气味直透她的脑门。有那么几秒钟，她以为自己昏过去了。定了定神，她猛地甩开他的手，从包里摸出手机，冷冰冰地说："你信不信我打一一〇？"

梁春安怔了会儿，往座椅上一仰，放声狂笑，随后又把车子发动起来，开上桥面，刹停，按下车门解锁键，说："你走吧。"

徐雪蓉踏着路灯投下的暗黄色光圈快步朝前走去。梁春安望着她迅速变小的背影，这些天里臌胀着的虚幻的自信和快乐像挨针扎了的气球一样迅速泄气、萎缩，最后缩成了一坨皱巴巴的异物，落在体内某个部位，找不出来，扔不出去，无法形容的难受。

有那么几分钟，他有点心疼她，想一脚油门追上去，求她原谅，回到车上，让自己照常送她回家。但想到这一切都是因她和她母亲而起，又告诫自己不应该这么没原则没尊严。拿爱情当交易的人还有理了？她哪儿可怜了？她是自作自受！

他是如此悲愤，以致情欲大振，于是掉转车头，直奔索城国际温泉会所，点了他自认为最谈得来的七十二号技师。

七十二号用她温软而灵巧的双手，三下五除二就消灭了他体内郁积的狂躁。他拉她跟自己一块儿躺下，脑袋枕在她暖而香的胳膊上，像只刚出生的羔羊，咩咩咩地倾诉着感情上受到的委屈。

七十二号摩挲着他微带自然卷的头发，耐着性子听他絮叨完，轻轻叹了口气，问："你猜我多大？"

"36C？"

"滚！我是说岁数！"

"十九？"

"睁眼说瞎话！明年就三十了。你猜我为啥还没结婚？"

梁春安笑得坐了起来。

"躺好！"她按揉着他的胸脯说，"你是不是觉着，干我们这行的都没人要啊？"

"没有没有，真没有。"

"其实，我也在等一个愿意出彩礼娶我的人。"

"彩礼就这么重要？"他本想说，你也有脸要彩礼？

"你们男人不懂，彩礼不光是钱，更是种确认。"

"确认什么？"

"确认一切女人在乎的东西。"

"我是搞不懂。"他诚恳地说，"她要是病了，我愿意做鸭给她攒治病的钱。"

"你们就懂个日！"她笑着飘起了粗口，"男人都跟狗差不多——起开，到钟了！"

七十二号出去了，出门前顺手按亮了大灯。刹那间，房里的一切原形毕露。四面墙壁和天花板上都嵌贴着巨大的镜子，互相映照。梁春安望见了无数个自己的裸体，丑陋得惊心。他不由得蜷缩起来。确实跟狗没啥分别，除了没长遮羞的毛。

强烈的自我唾弃感在他的体内翻涌。他被自己恶心到战栗。这样的蠢物居然能找到女朋友，居然只要答应一个努努力就能办到的条件，就有个女孩愿意伴它一生！恶心的战栗于是变成了幸福的蠕动。

他要给徐雪蓉打个电话，以十二分的诚意乞求她宽恕，请她转告母亲，他会尽快跟父母一道，拎着二十八万八千元礼金上门提亲。他连忙抓起手牌出去结账。

9

俞少坤一个人住，在楼下小餐馆吃过晚餐，散了会儿步，回家冲了澡，盘进榻榻米书房，自己跟自己摆棋局玩儿。

手机在客厅的电视柜上振动起来。他静听了一会儿，放下棋子，起身去看。

"你哥们儿把我丢路边上了，方便来搭救一下吗？"

电话那头传来砸锅卖铁范儿的背景音乐。徐雪蓉是扯着嗓门说话的。他几乎没听出她的声音来，还以为她的手机被偷了。

"你具体在哪儿？"

"Mido 酒吧，迷渡桥往南两百米。"

光线幽暗，徐雪蓉猫在离表演区最远的角落，俞少坤还是很快就发现了她。她的气质明显跟这儿不搭，像条萨摩耶误入了狼狗的朋友圈。

俞少坤寻思，她不是爱混夜店的潮女孩，一准儿又被梁春安伤着了。

"我也是头一回来这种地方。"他在她对面坐下，把桌上一瓶剩一小半的洋酒往边上推了推，问，"你喝的这是什么酒？"

"洋酒啊，没看见瓶子上全是洋文吗？"

"好吧，我只喝过洋河。好喝吗？"

"一股狗尿味儿。"

俞少坤被逗笑了，"说得跟你喝过狗尿似的。"

"常喝啊。"徐雪蓉说，"谁活这么大没喝过狗尿？"说着泪珠滚下来，打湿了笑容。

俞少坤沉默了一会儿，说："晚饭还没吃吧？走，换个地方，带你去吃东西。"

徐雪蓉点点头，挣扎了一下，没能站起来，便将手臂伸给他。俞少坤迟疑了片刻，上前扶她起身，半搀半揽着往大门走，不料被一个服务生拦在靠墙的窄道里。

服务生瞥了俞少坤一眼，望向徐雪蓉，抬起胳膊晃了晃手里的手机，问："美女，手机不要了吗？"

"谢谢。"俞少坤伸手去拿，服务员忙收回胳膊。

"她酒钱还没付呢。"服务员说，"说过会儿有朋友来结，把手机押我们这儿了。你就是那个来买单的朋友吧？"说着，他讥诮地冲俞少坤笑笑。

"多少钱？"俞少坤问。

"八千一百八十八。"

俞少坤强作镇定。"除了那瓶酒，还有别的吗？"

"就那瓶酒。"服务员说，她一进来就跟吧台说要这儿最好的酒。吧台问她是要一杯还是要一瓶。她说要一瓶。吧台提醒说，这儿通常都是一杯一杯调好了卖的。她摇头，说那样多麻烦，她就要整瓶的、最好的。吧台跟她沟通了半天，拗不过她，只好给她拿了瓶中上价位的，哄她说这就是最好的，结果她还结不了账。

"喏，就是你看到的那瓶 1862 珍藏干邑白兰地。"服务员指着早被收拾干净的台子对俞少坤说。

"好吧。"俞少坤沉吟片刻,掏出自己的手机递过去,笑道,"把她的手机给我,刷我的花呗。"

徐雪蓉抱着俞少坤的左臂,额头靠着他的肩,眯着眼睛,像只盲松鼠栖伏在树干上。酒精强化了她的听觉。俞少坤与服务生的每句对话,撞击在她的鼓膜上都如同寺院的钟声。

听见俞少坤爽气地提出替自己买单,她不由得心口一热,泪珠子像小动物翻墙似的,接连跃出眼帘,这些日子所受的委屈,都在心底化作苦甜苦甜的玫瑰焦糖。

俞少坤替她把手机装进包里,扶她出了门,尽可能轻柔地把她塞进自己那辆老速腾的后座,为她系上安全带,自己钻进驾驶座。

"想吃什么?"

"吃不下。"徐雪蓉将了捋湿而乱的长发,"能打开窗户透透气吗?"

俞少坤照做,随后转过身,递给她纸巾盒,借着路灯光打量她稍显狼藉的面容,笑道:"想不到你还挺能喝的。你不像个学金融的。"

"学金融的就不能发神经吗? 保罗·高更还卖过股票呢!"徐雪蓉嘴角上扬,现出自嘲的笑影,"我跟你哥们儿完了,他拿我们都当白痴,还拿我当妓女。"

俞少坤静静听着。

"三年了，在他心里，我还没一辆车重要。"

"别这么说。他未必真是这么想的。"

"你敢给他担保？"

俞少坤定定地望着她。"我觉得他不知道什么更重要，他根本不知道自己想要什么。"

"其实我也不知道。"徐雪蓉摇着头轻声呜咽道。

"恕我直言，你们俩不太合适。你知道，你妈也知道。合适的话，什么都不是障碍。不合适，才会下意识地制造障碍。"

徐雪蓉望着窗外，琢磨着俞少坤的话。斑驳的店招霓虹灯照得她心里乱纷纷的。

"你的手机好像在振动。"俞少坤提醒道。

徐雪蓉从包里摸出手机，"是他。"

俞少坤抿了抿嘴，转回身去。

徐雪蓉一言不发。电话那头的声音断断续续传进俞少坤耳朵里，如同老鼠吱吱叫。过了好几分钟，徐雪蓉才用冷嘲的语调说："行啊，但愿你不光是说说而已……不，不是二十八万八，是三十八万八……你没听错……不是我妈的主意，是我自己的主意……你还记得自己刚才说了什么吗？我不想讨价还价，你自己考虑吧。再见。"

车内寂静如散戏后的剧场，只剩两个人的呼吸，如风在扫地。

徐雪蓉忽然扑哧笑起来，"喝下去狗尿进了血管，都变狗血了。"

俞少坤跟着笑。

"我是个拜金女，对吧？"

"从没这么想过。"

"人性是不能测试的。谁不知道呢？"徐雪蓉叹了口气，"可事已至此，时间不可能倒流。"

俞少坤再次转过身来，望定她水银般在黑暗中闪光的眼睛说："没有人会测试他真正在乎的东西。朝前看吧。"

徐雪蓉犹豫了片刻，用力点点头，抬起手，用手背揉了揉发胀的眼圈，上身往前倾，靠近俞少坤的脸，柔声说："听你的，找地方吃东西去。"

10

徐雪蓉病了，闹不清是什么病，就是浑身没劲，索性请了一个星期年假在家躺着。

一天晌午，她在卫生间窝了老半天才出来，恹恹地飘回房间。

胡爱英正坐在沙发上，俯身在茶几上剔核桃肉，准备用来为女儿炖冰糖雪梨。她视线的余光留意到女儿神色有异，等女儿关上房门，忙放下核桃钳子，轻手轻脚钻进卫生间，锁上门，搜寻女儿落下的蛛丝马迹。

没费多大工夫，她就从厕纸篓里拨拉出一个几乎有拳击手套那么大的厕纸球，包了里三层外三层，欲盖弥彰。她剥洋葱似的剥开它，末了露出一支验孕棒，上头无比清晰地显现着两道细红线，像两道闪电劈在她的头盖骨上。

她扶着抽水马桶的水箱，慢慢在马桶盖上坐下，也跟女儿一样，在卫生间窝了老半天，等冷静得差不多了，才回到客厅的沙发上，拿起转角茶几上的电话手柄，又踌躇了好一会儿，终于拨通了梁春安的手机。

"小梁啊，你赢了，你们爱怎么办就怎么办吧！"说完，不等梁春安开口，就挂了。

这时她才注意到，女儿从房间出来了，正倚在门框下，一个劲地给自己打手势。

她摆摆手，横了一眼女儿，说："你啊，叫我怎么说你好！"

徐雪蓉虎着脸一跺脚，"您老人家打错啦！"说着转身回房，气鼓鼓地摔上了房门。

阳光透过百叶窗照射在地板上，斜架起几十道平行光带，胡爱英费解地望着无数的灰尘在光带中乱舞乱跳。

11

梁春安的婚事成了科室里的禁忌话题，谁跟他提，他跟谁急，孕妇、老同志也不例外。

不知是主动申请还是服从安排，俞少坤被调去了云数据市场监察科，在另一楼层的另一头，很少跟原科室同事碰面了。

徐雪蓉嫁出去了，没摆酒席，小两口去北马里亚纳群岛待了十几天，看海看到吐，总共花了不到五万块。

五个月后，徐雪蓉诞下了一名女婴。俞少坤犹豫再三，还是给单位各个科室的同事都发了喜蛋，包括梁春安在内。原科室所在的楼层他是托朱清宇帮忙发的。

一天夜里，俞少坤为修改市场监察数据的事，独自在办公室加班到十点多，还没全弄完。有人敲了两下门，没等他应声，就兀自进来了。

"别怕，我不是来揍你的。"梁春安杵在他办公桌对面说，"现在也算事过境迁了，我们可以心平气和地聊聊。有时间吗？"

俞少坤踌躇着点点头。"坐。"

梁春安拖来一张椅子，在俞少坤办公桌侧面坐下，跷起二郎腿，手伸进西装内袋摸了好一会儿。

俞少坤紧盯着他的手，喉结突突直跳，直到看见他摸出包金南京，磕出一支，给自己点上抽起来。

俞少坤松了口气，心想，这小子也学会抽烟了，他以前总说抽烟太费钱的。这样想想，不免有些感伤。

"你终于承认你跟她不合适啦？"俞少坤故作雍容地笑笑，

试图营造友好的气氛。

"扯淡!"梁春安喷出一团烟雾,顿了会儿说,"我是困惑了一阵子,没多久就豁然开朗了。我没做错什么。婚姻又不是玄学,哪来那么多合不合适?还是取决于主观意愿,想跟谁好好过日子,就跟谁合适。哪怕原本不合适,努力努力,也能慢慢变合适。"

俞少坤趁他大发议论的当口,将电脑上的 Excel 表格连点三次保存后关了,以防万一发生冲突,毁掉之前的工作成果。

"你说的也有道理,不过人生不是建立在道理之上的。"俞少坤向梁春安凑近了些说,"大家都是命运的玩偶。走到今天这一步,出乎我们每个人的意料。"

"不对吧?"梁春安冷笑道,"我知道你下得一手好棋。我向你承诺,今天我绝不会动粗。也请你开诚布公地告诉我,要彩礼是不是你给她们出的主意?"

俞少坤连连摇头。"你真误会了。我承认,我很早就对雪蓉有好感,但我以前从没接触过她母亲,我也没想过要把她从你身边抢走。这么多年的兄弟,你应该了解我。真的,一切都是命运的捉弄。"

梁春安上身前倾,将烟头摁灭在俞少坤办公桌上,久久审视着他,慢慢地,目光软和下来,靠回椅背上。

"如果我们交换角色,你是跟她谈了三年的那个,你是被逼着要彩礼的那个，你说，结果会不会一个样？"

"也许吧。"俞少坤点点头，"很可能……恐怕是一个样。"

"所以根本没有什么合适不合适。"

"嗯，一切都是天意。"

梁春安又从西装口袋里摸出那包金南京，磕出一支低头叼了，又磕出一支扔给俞少坤。俞少坤接了个正着。

梅
雨

1

星期六，有课，徐柚只得振作精神，起床弄点吃的补充能量，否则这一天可撑不下来。

她在培训机构兼职教芭蕾，双休日是最忙的时候，从上午十点半到下午四点半，得连轴带三拨小女孩跳舞。实际上，她只有双休日忙。芭蕾舞团那边，一年都排不上几场演出，日常的练功也渐渐不用去了。

雨又淅淅沥沥下了一夜。江东最讨厌的就是这梅雨天，没完没了地下，把醒时的心境和睡着的梦境搅成一地泥沼，绿泱泱的霉斑爬满了日子的角角落落。

徐柚站在煤气灶前，等锅里的水开了焯几朵西兰花，不放油也不放盐。这是少数几样她吃下去不想吐的食物。

几朵西兰花的营养怕是不够。她硬着头皮走出厨房，打开摆在餐厅一角、正对入户门的冰箱，取出两枚鸡蛋，犹豫是连壳丢锅里白煮呢还是敲开了做水潜蛋。

这时传来一串叩门声。她冷不防一惊，一枚鸡蛋滑脱手指，跌碎在地板上，稀黄一片，拖鞋上也黏糊糊地挂了几道。她按捺住怒火，静立在原地，装作屋里没人。

过了几分钟，她估摸不速之客识趣走掉了，便起脚去找扫把收拾残局。不料刚一走动，叩门声又响了起来。

"谁啊？"她奔到门背后，气冲冲地问。

"有人吗？"是个年轻的女声。

"你说呢？"徐柚将幸存的那枚鸡蛋搁在鞋柜上，旋转门把，朝外推开，冷冷地望着门外的女孩。

那女孩二十来岁年纪，右手抓着把长柄花伞，头发有些潮湿，没化妆的脸上也蒙着层湿气，皮肤苍白粗粝，面色憔悴，经常烟酒熬夜的模样，态度倒挺谦卑，像是被徐柚凶巴巴的架势唬住了似的，低眉顺眼地愣了好一会儿。

她瞟见地板上的碎鸡蛋，猜到是自己闯的祸，忙堆起一脸歉意："对不起。"

"不管你准备卖什么，我都不需要，谢谢。"徐柚一只脚跨出去，准备把门拉回来关上。

"等一下！"那女孩忙抓住门边，"我不是推销东西的，只是想跟您打听个人。"她抬起另一条手臂指向身后，"这家的男人您见过吗？"

又是找他的！徐柚泛起厌恶的表情。

她搞不懂对门的房东怎么会把房子租给这么一家人，简直就是自找麻烦。他们搬来这半年，三天两头有人堵门讨债，其中恐怕有三分之一的人敲错门，令她和洪放不胜其扰。不过，先前那些讨债的都是大汉，小姑娘来找他，倒是头一回，所以徐柚竟没往对门想。

每次讨债的来了，那男的都是不露面的，有时装作屋里没人，有时他老婆领着一男一女俩孩子开门出来，不住地赔笑道歉。他老婆大概也是没法子，总得送孩子去上学呀。

外头动静大的时候，徐柚会忍不住透过猫眼观察。她没想到那些讨债的汉子竟如此文明，泼漆啊破门啊之类的暴烈手段从来没用过，见对方是妇孺，便不大为难，只嘴上凶一凶，就让开道，放女人送孩子去学校，然后骂骂咧咧坐在消防楼梯上守着，等那男人出现。当然等不到。那女人脱身了，一时半刻也不会回来。守到该吃饭了，他们就起身拍拍屁股走了，改日再来碰运气。

讨债的文明到显得懦弱。徐柚越发觉得欠债的可恨了。

那男人她在电梯碰见过几次，中等身材，寸头，五官没啥特点，一副魂不守舍的表情，看不出是干哪行的，更猜不出他怎么会招来这么多债主，也不确定他有没有注意到自己。

他老婆徐柚碰见的次数多些，矮而瘦，腰微佝，小眼睛，细密的抬头纹，看着比丈夫老十岁。

那女人总是笑笑地望着徐柚，友善得过了头，显得卑顺，好像自己是戴罪之身。

有两次她主动跟徐柚搭讪，说搬到这儿给邻居添麻烦了，请多多见谅，说着跟日本人似的鞠了个躬。在电梯那么逼仄的空间里，脑袋差点撞在徐柚胸上。

徐柚一阵狼狈，自然只能说没关系，心里越发憎恶那男人了——让自己的女人活得这么卑屈，那男人得有多不靠谱！这么想着，竟鼻酸想哭。

"你也是来找他讨债的？"徐柚笑了笑，指指消防楼梯，"别的债主来了，都是先领号，然后坐那儿排队。"

那女孩困惑了片刻，眉间聚起哀愁。

"我叫李梦吟，是江大法学院的学生。他叫孔亚伟，是我们学院的杰出校友，比我高十二届。前年冬天，我读大二那会儿，我们社团邀请他回校参加一个活动……"

李梦吟兀自讲述着她跟孔亚伟是如何相识相恋的，神情时而明媚时而幽怨。徐柚对此完全没兴趣，事实上她对世间一切男女之事都感到恶心。听着李梦吟喋喋不休，她的内心千万匹羊驼盲目狂奔相互踩踏，但她是有教养惯了的，面对一个悲伤爱情的女主角，是无论如何不可能爆粗了，甚至连此前讥诮的态度也收敛了，极力忍受着听对方讲完。

"总之我被他迷惑了。"李梦吟说,"我把一切都给了他,包括十万块积蓄。"

徐柚隐隐觉得有哪儿不对劲,但懒得细想,毕竟与自己无关,还是尽快把她打发走吧。

"你敲过他家门了?"

"敲过了,没人应。"

"我也帮不了你呀。"徐柚努出一脸诚恳,"你这钱啊,我看是拿不回来了。至于人呢,我想你已经知道了,一家四口都住这里。"

李梦吟闭上眼睛深呼吸了几下,然后从裤袋里掏出一张对折的黄色便笺,递给徐柚:"这上面有他的信息和我的电话。发现他回来,请您通知我,好吗?"说完匆匆鞠了个躬,转身从消防楼梯下去了。

看来这个男人不简单啊。他的女人都挺爱鞠躬的。

徐柚关上门,展开便笺纸,只见上面抖抖索索地写着——

孔亚伟,执业律师

座驾英菲尼迪 QX80 四驱版,车牌号江 E 5WT20

看到请联系李梦吟,电话 130××××6510

徐柚不禁失笑。这姑娘真够幽默的,搞得跟人人都是汽车发烧友似的，不就想显摆自己情夫有钱有品位吗？笑过又觉得无聊。屋子恢复安静，身心又被雨声塞满，湿而冷的风吹进来，挟着春天的土腥气，令人恶心到战栗。

她把便笺撕碎，丢在地板上的蛋液里，转身找扫把去了。

2

对付完一天的工作，累到脚下打飘，脑子一阵阵断片儿。徐柚飘出妇女儿童活动中心艺术楼，连把空气吸进肺里的劲儿都提不上来了。想到明天还得继续强撑，真恨不得一头栽倒，猝死在路边算了。

下了公交，徐柚强迫自己拐进公寓附近的城市综合体，随机进了家广东菜馆吃晚餐，点了份白灼芥蓝和一碗百合南瓜粥。服务生表情有些不悦。

她在心里笑笑，只当没看见。其实这些都点多了，她是半点胃口也没有。下班个把钟头了，对工作的厌恶仍未从心头挥散。她对自己说，整个人生都无趣透了，工作不过是其中的一部分。

她觉得那些家长都疯了，一窝蜂地把孩子送过来学跳舞学画画学弹琴，跟个个都是邓肯之母郎朗之父似的。世界上哪来这么多天赋异禀的艺术家？社会上也不需要这么多艺术家的。

眼下带的这六个班，一百多号孩子，能把腿抻直的都没几个，将来真能吃这碗饭的恐怕一个都没有。完全是白费劲。白费劲倒无所谓，人生本来就是白费劲嘛。就怕没天赋还不甘心，徒生执念，执念转怨念，末了一辈子都砸在这上头。自己不就是这么回事吗？

最迟在进舞蹈学院那年，徐柚就清楚自己在这行里充其量是个三流货色了，却还梗着脖子上到了毕业。若是早点面对现实，何必吃那京漂的苦头？也就不会因为同病相怜而跟洪放走到一起，也就不会因为别无选择而将廉价的诱惑当作命运的转机，也就不会陷在这潮湿霉烂的日子里拔不出脚。

徐柚暗暗自嘲，在没有自知之明这点上，我跟洪放倒的确是一对儿，只不过，他到现在还拿自己当中国的高更呢。其实他和高更只有一点相似——早晚得死于脏病。

走出餐馆，徐柚意外地发现雨脚竟收住了，天也黑透了，综合体广场四周的高压钠灯一盏接一盏地亮起，璀璨到炫目。她一时无法适应这样的强光，下意识地举手遮挡。几乎就在同时，劣质音箱将欢腾的歌声送入她的耳朵："房子大了电话小了感觉越来越好，假期多了收入高了工作越来越好，越来越好，咪咪咪咪，越来越好，咪咪咪咪……"

她将手从额前拿开，只见广场上已不可思议地聚集了一群老年人，多是女性，穿着修身款 T 恤、运动衫或家居服，跟着正能量民歌的节奏跳着拉手舞，靠近、退后、叉腰、甩腕、横移、转圈……动作简单却优美流畅，每张脸上都洋溢着幸福的笑容，如同霓虹灯影荡漾在水面上。

作为一名专业舞者，她竟被这群人业余的舞姿给迷住了，蹙起的眉头渐渐舒展开来。

舞步是骗不了人的。她艳羡他们由衷而发的快乐，又感到惊讶。为什么青春已逝的老年人活得这么开心这么起劲，反倒我们年轻人活得这么痛苦这么丧？

她不自觉地往后退，自惭形秽似的，退到了屋檐下的阴影里。

怪不得晚年被称作夕阳红。得撑过多少人世的风雨，才能抵达夕阳红啊。像我们这种意志薄弱的主儿，恐怕悬。

"一个人出来散步啊？"一个细亮带笑的声音近在咫尺。

徐柚忙收回视线，定睛寻了好半天，才在身边的阴影中瞧见了一个似曾相识的人影。

那人起初坐在一根碗口大的人造石隔离桩上（用于防范顾客将超市的手推车带走），见徐柚看不清自己，便起身挨近几步。

徐柚认出是对门的女主人，心里有些别扭，不想跟她寒暄，却不知出于何种动机脱口而出："上午有个小姑娘来找你老公，还蛮漂亮的。"音响的声音太大，几乎是喊出口的，自己都觉着像是故意挑衅。

"我知道，又给你添麻烦了，实在不好意思。"对方边点头边喊道，细弯的笑眼眯着歉意，"这儿太吵了，我们一道往小区走好不好？"她挥了挥右手，右手握着一叠卷成筒状的铜版纸，看不清上面印着什么。

两人隔开些，默默并排走。那女人不时转过脸来，殷勤地冲徐柚笑。徐柚十分尴尬，又无可奈何。

直到广场舞的伴奏远得像隔山隔水了，那女人才开腔自报家门，说她叫陆文芳，一家都来自山东。徐柚犹豫了一下，迫于礼节，只得也报出姓名，顿了顿，又补充道："我是教芭蕾的。"

"怪不得气质这么好。"陆文芳用仰慕的目光打量着她，"我也想叫我们女儿去学芭蕾呢。都说女孩子会跳芭蕾，将来就算不当专业的舞蹈家，也能嫁得好。过阵子，我们手头宽裕了，我就带她去向你拜师，好不好？"

徐柚淡然一笑，不置可否，脚步加快了些。

陆文芳忙跟上来，局促地问："你不会对我们有啥看法吧？"

徐柚故作疑惑地望了她一眼。

"其实我老公很好的，又努力，又顾家，而且很帅呢，对不对？"她绽开羞涩的笑容，眼周的鱼尾纹集满了甜蜜，"所以才老有女的来骚扰他呀。上午我们都在家的，他不许我开门，又连累到你，对不住啊。那些女的自作多情，他可烦了。"说着她挥了挥右手上的铜版纸。

徐柚看清了，是一沓保险广告单页，宣传老年人重疾险的。怪不得她坐那儿看老年人跳舞。

"我是绝对信任我老公的，他忙生意都忙不过来，哪有闲工夫拈花惹草！现在风气坏了，社会上有种女人，光看那张皮还挺像个人样，本质上就是苍蝇，不管鸡蛋有缝没缝，都要嗡上去狂叮一通……"

徐柚实在听不下去，忙岔开话题："那些堵门的男人，是不是对你老公有什么误会？"

陆文芳讪讪地摇摇头，笑道："做生意嘛，有赚有赔的。我老公啥都好，就是运气不好。你可能不知道，他以前是做律师的，金牌律师。就老有犯红眼病的小人害他、排挤他。他干脆不跟他们玩了，改行做生意，一样风生水起。只不过前一段走背字，暂时赔了点。据说都怪美国那个特朗普挑事情，具体怎么回事我也不懂。那些人就乘人之危落井下石，也不想想我老公过去帮他们赚了多少钱！等着吧，过阵子翻了身，再不带他们玩了……吵到你，实在不好意思哦。"

徐柚有一搭没一搭地听着，五脏六腑翻斗机似的翻涌，不知该讥笑这个女人还是该同情她。

两人走到离公寓大约二十米的一株老乌桕树下时，陆文芳止了步，作恍然大悟状说："哎呀，出门是去超市采购的，结果遇见了你，东西还没买，就跟着你回来了。谁叫咱俩投缘呢！徐老师，你先回去吧。我们下次再聊。"说着摇摇手，欢天喜地地折身往小区外走。

一颗水珠落在徐柚后颈上。她不由得打了个激灵，不确定是又下雨了，还是风把藏在树叶上的水珠赶了下来。

她继续向前几步，走到未被树冠遮蔽的空地上。

真的又下雨了。她本能地转身，想喊住陆文芳，提醒说，既然雨又下起来了，跳舞的老人们肯定散掉了，你就别白跑一趟了。

终于还是忍住了。各人有各人的生活，各人有各人的风雨，何必多管闲事呢？

3

连续不断的手机振动将徐柚从整宿坑坑洼洼的睡眠中拽了出来。白森森的晨光和海涛般的雨声打窗帘边缘倾泻而入。

洪放一连发来十几条微信语音，控诉邀请他去大理驻扎的同窗画友，因激愤难抑而混乱结巴的语言如碎铁片四处飞溅，扎得徐柚脑仁儿一阵阵刺痛。最后他说："我今天就回江东，夜里十一点四十的飞机到上海转大巴。"

徐柚心口猛然抽紧，懵了老半天，干脆忘了得抓紧起床准备准备去上课。

她原以为他会一去不回的。她刚决定尝试练习一个人生活，他怎么又要回来了呢？

他告诉她他要离开江东是一个星期前的事。

"这是一次千载难逢的机会，免费的画室，免费的画廊，经验丰富的经纪人，还能申请青年艺术家辅助基金，从创作到展销，模式非常清晰。这次一定能成功。等我扎稳脚跟，就接你过去。老谭说那边舞蹈这一块，环境也是相当不错的。我们先说好，等离开江东了，就把在这里的不愉快通通忘掉，重新开始，好不好？"

不知道为什么，他骗了她那么多次，耍了她那么多次，侮辱了她那么多次，当他侃侃而谈地说这些的时候，她还是会感动，还是会憧憬，还是会害怕他丢下自己，哪怕就在前一天，彼此还赌气不说话。

不过，她的感动和憧憬只维持到他拖着行李箱出了门。他俩都见过彼此最丑陋的模样，共同的记忆早已是一地狼藉。他若真能在大理闯出天地，怎么可能接她过去，让自己继续面对不堪的过往呢？他只是想把诀别的话说得动听些，也好让诀别容易些。

她鄙视自己。她是那么想离他而去，或者将他扫地出门，谁知当他真的要走，她却如此慌乱无措，差点低声下气求他留下。

她提醒自己，你只是一时不适应而已。即使再糟的生活，一旦被外力改变，人也会难过一阵子的，挺过这阵子就好了。洪放是个非常差劲的……同居者，丝毫不值得留恋，你可别好了伤疤忘了疼啊。

穴居北京那两年，她也是在培训机构教芭蕾，他边鼓捣油画边给广告公司兼职画些商业宣传画，两人的收入加一块儿，勉强够吃穿房租，他根本没机会露出狐狸尾巴。

后来她在网上看到江东市刚组建的芭蕾舞团招聘的消息，虽是平生从未到过的地方，还是忍不住动了心。他也鼓励她试试，反正也不一定能去。结果真被选中了。他便跟着南下，一副作出巨大牺牲的架势。

她当时也深感歉疚来着，过了很久才明白过来，他只是无法独力应付在北京的生活罢了。她很快明白过来的是，江东不过是北京之外的另一个坑。

所谓的芭蕾舞团，只是当地政府搭起来扎台型的面子工程，快三年了，总共就排了一个节目，强行给本土民间故事穿上芭蕾的衣裙，看着就倒胃口。更令她沮丧的是，即使在这么个不入流的团体中，自己的专业也并不拔尖。起初她还愤愤不平，怀疑担纲主角的那几个不是有特殊背景就是跟领导有暧昧关系。后来不得不承认，人家确实比自己优秀，自己身上既没有天赋，也没有发生以勤补拙的奇迹，自始至终只是三流角色。

这么一份工作，食之自然无味，但终究是份工作，签了合同，交了社保，弃之似乎又可惜。反正闲来无事，便又回到教芭蕾的旧路上。想想真不知该笑死还是该哭死。无论在人海茫茫的首都，还是在这小小的江东，哪里都有一大堆痴心妄想的父母。

至于洪放，仍旧靠画油画骄狂、画宣传画挣钱。

非要说江东哪点比北京好，就是这儿的生存压力要比北京小得多，但这也不一定是好事。人手头有了余裕，体内不安分的激素就会大量分泌。

没谈恋爱之前，徐柚以为自己打死也不能接受另一半乱搞的。她曾信誓旦旦跟室友说："别说上床，哪怕只是抱抱、亲亲、拉拉手，也得果断分！"结果，当她无意中打开洪放的微信，发现他活跃于一大堆约炮群的时候，她却是一脸蒙圈，惊讶于世上竟有这样的操作，同时又惶恐不安，生怕洪放指责自己侵犯他的隐私。

终于意识到自己是受害者了，她还是不知如何是好，后来总算鼓足勇气冲到洪放跟前，对他发出道德的谴责，那强行逼出的怒火，连她自己都感到没啥威力。所以他可以恬不知耻地笑笑："别跟个村妞似的。你仔细想想，从古到今，有一个艺术家不乱搞的吗？没有混乱，哪来的创造……"

"你给我滚！"

他不滚。除了横眉冷对，她也没辙。生活在一片屋檐下，连横眉冷对也是无法持久的。很快双方就习以为常了。她等于是承认了他的艺术家乱搞权。"反正我跟他一年也没几次，做好自我防护就是了。"

她真正不能忍的是他对自己的轻侮。

那天她又抑制不住好奇心，趁他洗澡时偷看他的手机，发现他居然跟一个狐朋狗友聊起了自己。

"你小子真是身在福中不知福，跳舞的属于极品哎，比空姐还实用些，身材好，四肢软，怎么掰都行，什么体位都搞得定，而且，那儿据说特别紧，是吧？"

"你懂个鸡毛！跳舞的中看不中用好吧，搞起来跟上刀山似的！"

"你就鬼扯吧！"

"不跟你废话，不信你自己试试。"

"你舍得？"

"有什么舍不得的？你搞得到你就来搞啊！"

……

她差点背过气去。

她竖在卫生间门口，等他一出来，就将手机朝他脑袋扔去。幸而他正抓着毛巾擦头发，挡了一下，才没被砸破头。

他愣了会儿，明白过来是怎么回事，便嬉皮笑脸道："我说的是事实啊。实事求是都不可以吗？别看你细胳膊细腿的，肌肉可发达了，抱着你就跟滚钉板似的……"

她无言以对，弯腰捡起手机，准备再砸一次，被他捏住了手腕。

"你从来就没有尊重过我，一丝一毫都没有！"她浑身发抖，咬牙切齿地说。

"不存在。"他一脸无辜，"你又大惊小怪。我只是开诚布公地谈了谈跟舞蹈家的性生活的特殊形态。你知道我们搞艺术的最讨厌不真诚了。至于那啥，说着玩玩的呀。他要真敢碰你，我捏爆他蛋蛋！"

"枉你还自称艺术家，成天满嘴污秽，你的艺术都是从下水道里捞上来的吗？"

"拜托，艺术家又不是政客，得成天假仁假义惺惺作态。马蒂斯不一样成天爆粗口嘛。"

"你也配跟马蒂斯比？你太看得起自己了洪放！这么多年，真的没人跟你说过，你画的那些全是下三烂的玩意儿吗？你算哪门子艺术家？你只是个不入流的小丑，你真的不知道吗？"

毛巾掉在了地上。洪放精赤条条站在她面前，逼视着她的眼睛，嘴角牵起怪异的弧度，沉默了好一会儿，才用异常温柔的语调说："不就跟你一样吗？舞蹈家徐柚老师，你瞧咱们多般配呀。"

此后，他俩仍旧住在一片屋檐下，只不过彻底分房睡了。

她知道他们迟早得做个了断，但他不提她也不提，她不敢提。她比以往任何时候都更清楚自己的卑微。所谓卑微就是，明知吃的是馊的，还得往下咽，如果有人要端走它，还会使劲捂住。

所以她感到很惊奇，自己竟然这么快就接受了他的离开。

现在想起他，她已没有丝毫留恋，只剩单纯的恶心。她想，也许假以时日，她能将与他有关的一切都呕干净。

可是，他又突然说要回来。跟他说要走的时候一样，她又是一阵恐慌，如一大块冰拍在胸口，心脏怦怦狂跳，却死活掀不动。

她当然想拒绝他回来，又不知如何拒绝，况且拒绝是无效的，他说要回来，就一定会回来的。

他将挟着东流入海的滚滚浊涛反扑而来，而她束手无策。

窗外雨声骤然大起来。她一惊，瞥了眼手机上的时钟，意识到再在这儿发愣，上课该迟到了，便匆匆掀开被子下床，没回洪放的消息。

4

在小区门口的站台等了快二十分钟，公交还没来，手机上叫了滴滴，也没人接单。

雨在眼前哗哗下着，像无边的瀑布，对街的店铺完全看不见。不时一股劲风袭来，瀑布便如巨兽的长舌舔向站台。徐柚止不住地打冷战，心情懊丧至极。

一辆棕色的比亚迪·元，无尾兔似的从站台前掠过，猛然刹停，倒回来，降下副驾车窗。一个沉闷的男声劈开雨帘而来："徐老师吗？快上车！"

情急之下她拔腿便钻进了副驾。这样的情况以前也发生过。某个学生的家长打这儿经过，见她正候车，便出于好意或者巴结顺她一程。

升起车窗，收好雨伞，转脸一瞥，她愣了一下，忙掩饰尴尬的神情。

开车的竟是对门的男人，叫……对，孔亚伟，老婆叫陆文芳，情人叫李梦吟，他的座驾……不是英菲尼迪吗，怎么会是比亚迪？

居然如此莽撞，没搞清状况就上人家车子。就算慌不择路，也该上后座的呀。她扭头扫了一眼。后座上盘着一堆带丝网纹的透明塑料管，乍看还当是蛇。看来也没法儿坐，只能既来之则安之了。

"徐老师是到妇女儿童活动中心对吧？"孔亚伟颇有礼貌地笑道，"听表姐说，她昨晚遇到你，代我道歉了。没想到今天我自己遇到你了，我该亲口道歉的。"

"表姐？陆女士不是你夫人吗？"

"哦对，她是我老婆，但先是表姐，从小这么叫着，一直没改过来。"

原来是这么回事。徐柚不知该说什么。

车子转了两个弯，上了中环西线，朝她的目的地驶去。车速一快，雨声更响了，即使讲话也听不清楚，她便坦然沉默着，尴尬也有所缓解。

真的是偶遇吗？还是他有意要送我一程，给自己制造一个道歉的机会？实在是很无谓的举动。他真应该致歉的是他老婆，或许还有那个女孩。他不会是想……不是没有可能。男人不都千方百计想着扩大交配范围吗？道歉也是很常见的搭讪方式嘛。那他可打错主意了！

徐柚抬起下巴，从后视镜里瞥了他一眼，心想，快点到地儿下车吧，下回可不能这么冒失了。正这么想着，身体往前一冲，定睛望去，前方的车子一辆接一辆紧急刹停，身下这辆也只好跟着停下。不大会儿，高架上方的 LED 显示屏便打出通知："中环西线梅园路段发生严重多车事故，请有条件的车辆从附近的匝道驶出绕行，谢谢配合。"

"得堵一阵子了。"孔亚伟讪讪地笑道，"真不好意思，本想帮个忙的，结果……还来得及吧？"

徐柚嘴上说着没事，表情却写满焦躁，恨不得下车步行过去，当然知道这不现实。

救援车的警报声隐隐传来，私家车们蠕虫似的缓慢靠边，尽力让出车道，却迟迟不见救援车过来。

徐柚估摸铁定要迟到了，忙掏出手机给关系还凑合的同事打电话，想请她们帮着代个课。不管有多厌烦这份工作，旷课的事她还做不出来。可连着打了几个号码，一个也没打通。这才想到，为了保障所谓的教学质量，艺术楼是屏蔽手机信号的。她登时泄了气，软陷在座椅上，似笑非笑地望着执着穿刺人间的绵雨。

这算怎么回事呢。她不觉笑出声来。

孔亚伟看了她一眼，也跟着发出一阵傻笑。

半个钟头过去了，车子只往前挪了两盏路灯的距离。

不晓得教室里现在是个什么状况。已经炸翻天了吧？也不一定。或许有老师主动顶上去了，不然管理层会想办法找到我的，手机却毫无动静。原来我比自己以为的还要可有可无，还不如边上这个老兄。

徐柚倒在靠背上，任脑袋滚向左侧，近乎轻浮地打量着孔亚伟。

这么差劲的一个人，在他的女人眼中倒像个失意的英雄。

"哎，孔先生，你是个怎样的人啊？"闲着也是闲着，徐柚带着恶作剧的心理问道。

孔亚伟指甲抠着方向盘，想了一会儿，笑道："徐老师应该都知道了，我是个很不体面的人，可以说是个骗子，不过今天我真没歹意。"

"不对吧。你夫人对你评价可高了，还有昨天那女孩儿。"

"让你见笑了。我表姐是个特别好的女人，打小就护着我、鼓励我，不管发生什么，都对我不离不弃。我却一次次辜负她。"

孔亚伟咬了咬嘴唇，望着窗外的雨，"我小时候学习好，表姐总说我们亚伟比一般人脑瓜子灵，将来一定会有大出息，咱家一定会比别人家过得体面。我曾经深信不疑来着。我以为自己确实不同凡响，理所当然用精英的标准来设计自己的生活，住好房，开好车，送孩子进外国人办的私立学校，周末打打高尔夫，假期去迪拜去欧洲。刷着表姐在朋友圈里晒的自拍，心里别提有多满足……谁知稀里糊涂走到了今天。怎么就走到今天了呢！"

他猛地捶了把方向盘，喇叭随之发出一声锐叫，把俩人都吓了一跳。

徐柚有些理解他的处境了，想安慰他几句来着，却找不到恰当的词语，便冲他挤出一丝笑，心像挂在悬崖边的树枝上，隐隐望见另一棵树上挂着另一条人影。

"最近我好像想明白了。除非你是真正的精英，否则，你想成为好丈夫、好爸爸，就得先做个坏人。我当然不是什么精英了，连骗子的角色都扮演不好。大家慢慢都看穿了，自己也早看穿了，只有表姐还抱着幻想。你能想象这种感觉吧？明明已经烂到不像个人了，人家还觉得你金光闪闪，你再怎么证明自己是坨屎，人家还一个劲地说你是金子。真的很遗憾真的很抱歉，我真的是坨屎啊。"

孔亚伟转身从后座的脚垫上捡起餐巾纸盒，胡乱抽出一把，擦着挂在胡楂上的清鼻涕说："徐老师你都看到了，我已经堕落到连夜场小妹的钱都骗了。"

"你是指？"

"婷婷那十万块啊。她的钱我不想拿的，皮肉钱不好挣，可她非要塞给我，叫我帮她投资。又是一段冤孽。你看看，人到了走投无路的时候，连脸皮都可以撕下来当擦屁股纸。"

"别说了。"徐柚长长地叹了口气，"你起码很用力地活过，比你糟的男人多了去了。"

"都不重要了。"孔亚伟笑道，"反正活不成了。要么自己去死，要么被人砍死。"

手机在包里连续振动起来，徐柚当是培训机构那边终于找来了，结果又是洪放的一串微信语音。她听了半句话就摁掉了，他想怎样就怎样吧。

"不知道前方事故处理得怎么样了。"孔亚伟抽了抽鼻子，伸手打开交通广播，听听有没有最新消息，传来的却是天气预报。

"据国家气象信息中心预测，今年长江流域的梅雨气候还将持续十天以上。这是二十一世纪以来最长的一个梅雨季。而最新的气象云图显示，今年的第一号台风'金锁'已在福建沿海登陆，预计二十四小时内将抵达本市，与缠绵不散的梅雨叠加影响。请市民朋友们做好防灾准备……"

孔亚伟忙关了电台，好像这样就可以将坏事挡在门外。俩人都无声地笑了笑。雨脚踩踏车皮的声音似乎更响了。

"你说活不成了是什么意思？你是想……自己了结？"

"是。"

"怎么了结？"

他抿嘴想了会儿，忽然腼腆地笑道："台湾有个拍电影的叫吴念真，徐老师应该听说过吧？"

"看过他演的《一一》。"

"我不是一直在躲债嘛，有次躲进一家书店，无所事事，就拿起他的一本散文集瞎翻，其中有一篇写到他弟弟的死。"他扭头瞟了眼后座，"他弟弟就是死在车里的，到山上没人的地方。我百度过，很简单。只求你别去告诉我表姐。告诉也不打紧。她再也找不到我了。"

"放心，我不会告诉她，我觉得你的主意挺好的。"徐柚笑道，"能捎上我吗？"

孔亚伟苦笑道："我是入了死局走投无路了，你是为什么呢？"

徐柚歪着头，仰望着水茫茫的灰色天空。"可能是因为这天气吧。"

"别这样，天气预报不是说了吗？也就十天的样子。熬过梅雨季，天放晴了，到公园走走，看看花花草草，或者约朋友一起唱个歌，吃个泰餐，或者干脆请个假，飞到南方去，去海边晒晒太阳，你就又热爱生活了。"

"别说了。"徐柚甩掉鞋子，抱膝缩在座椅上，"总有些人是熬不到天晴的。你自己不就是吗？自己都不信的鬼话，干吗拿来哄人呢？况且，谁说我不喜欢雨天就一定会喜欢晴天？我什么天气都不喜欢。"

"他们会伤心的，你父母，还有男朋友。"

"也许吧。他们可能真会伤心一阵子，想开了就会长舒一口气的。他们一定会想开的，你老婆孩子也是。"

他叹了口气，额头跌在方向盘上，一个劲地摇着，然后慢下来，直至静止。

车窗外鸣笛声骤然响起，此起彼伏，路通了。他努力直起腰，狠狠一脚油门，扎进了雨织的混沌世界。

5

头昏脑涨，像膨胀中的宇宙。时而白光炫目，时而坠入黑暗。感觉自己像条猪肉，被从案板这头丢到那头，从这块案板丢到那块案板，不知什么东西（是筷子吗），往身上这儿捅捅，那儿戳戳，注入些什么，又抠出些什么，痛觉倒是没有，就是无比的难受。

徐柚想搞清楚身在何处，是什么在摆弄自己，好挡开它，可她睁不开眼睛，也抬不动胳膊。后来终于消停下来，她已疲乏至极，便昏昏睡去。

不知睡了多久，徐柚又听见时间在体内嘀嗒了，本能地推了推眼皮，这下推开了，视线慢慢聚焦，首先望见了洪放紧皱的眉头和厌恶的表情。接着她发现自己躺在医院病房里，身穿条纹病号服，胳膊插着吊针，鼻孔塞着氧气管，床边显示器上的细线上游下蹿，发出嘀嘀的嗡鸣。树冠在窗外发癫似的摇荡，大颗的雨珠不间断地撞击玻璃，随即心有不甘地滑下窗台。

洪放跷着二郎腿，仰坐在叠起的陪护床上，十指交叉垫着后脑勺，见徐柚张开眼睛，立马丢来一抹含义不明的微笑。

"刚下飞机，就听说你出事了。天知道他们是怎么找到我电话的。都没来得及把行李送家去，喏，直接拎这儿来了。箱子里有从大理带回来的鲜花饼，你这会儿应该没胃口吧？"

徐柚渴得嗓子眼冒烟，吧唧了一下嘴，想要口水喝，还没说出口，门口便传来歇斯底里的叫骂声，接着一条人影狼狗似的扑到她跟前，扯住她的头发，将她半边身子拽离了病床。

几个医护人员奔过来阻拦。洪放忙起身让到窗边。

医护人员总算架开了陆文芳，往病房外推。

陆文芳犹自怒骂不休："我真是瞎了眼，拿个贱货当白莲花，还跟你掏心窝子。天底下就我老公一个好男人吗，你们都要抢？抢就抢吧，还要他的命！你等着，我非要你抵命不可！"

陆文芳被带走了，围观者陆续散去，徐柚抖抖索索躺回沾了些血渍的白色被窝里，护士帮她重新将吊针、氧气管、心电监护仪弄好，叮嘱她安心休养，也出去了。洪放坐回到原位。

"水。"徐柚努力张了张嘴，几乎没有声音。

"什么？"洪放眉头拧得更紧了。

这时徐柚听见门口传来一个似曾相识的声音。

"我是她朋友，来探病的。"

"病人情绪不稳定，别长时间跟她聊天，看看就走吧。"护士说。

李梦吟将一束湿淋淋的白菊靠墙放在床头柜上，然后在床沿上坐下，静静地望着徐柚说："他的我送到负二楼太平间去了。人不给看，就搁冰柜上了，尽个意思罢了。这是给你的，喜欢吗？"

徐柚吃力地点点头，"谢谢。"

"来的路上我一直在恨你。是那个蠢女人打电话告诉我的，说你害死了他。那天我去敲你的门，像个白痴一样对吧？"李梦吟笑了一下，继续说，"但是，刚才站在楼梯间，听着那个蠢女人骂你，我对你的恨就慢慢淡掉了。我们是一样的。害死他的人是她。我只是有点嫉妒你。我也求他带上我，他却选择了你。不过现在好了，你还在这儿，我们又一样了。"

徐柚想解释几句来着，可实在使不上劲儿，想想又感到无谓。

"这样的结局好像也不坏。你安心休息。只要人活着，总能重新开始的。"李梦吟把脸转向洪放，"好好疼你老婆吧。老婆跟别的男人殉情，铁定是老公不好。"

"是是是，我努力改进。"洪放笑嘻嘻地欠了欠身。

李梦吟出去后，洪放马上抓起床头柜上那束白菊，丢进卫生间的垃圾桶，扯了条卷筒纸回来，边擦手边骂骂咧咧："脑子有病，弄得满地的水！"

"挺好看的。"徐柚沙着嗓子轻声说。

"你可以呀。"洪放在床沿上坐下，隔着被子抚摸着徐柚笑道，"这下咱俩扯平了，可以安生过日子了。"

"滚出去！"

洪放俯身凑近了听。"什么？"

"给我滚！"

"行吧。"洪放起身走向墙角，提起行李箱，"我先回去洗个澡换身衣裳，晚点再来照顾你。"

大约过了半个钟头，护士进来拔了吊针和氧气管。徐柚努出浑身力气下床，到走廊找饮水机喝了两纸杯凉水。返回病房躺下，头脑清醒了些，心却更乱了，对眼下发生的这一切，不知作何感想——分明是生死大事，却又像玩笑、像游戏。对明天会发生什么、应当如何面对，更是毫无头绪。只好做只鸵鸟，熬一秒算一秒。

她顺手抓起床头柜上的遥控器，在被子上擦掉水，按亮了电视。

电视上放着迎战台风的新闻特别节目，正视频连线外景记者。一个看着像刚毕业的女记者，东倒西歪地站在湖畔的狂风暴雨中做现场报道，明黄色的雨衣紧贴着身体，参差的刘海粘在脑门乃至鼻梁上，手里攥着无线麦，努力张开眼睛，亢奋的语调喋喋不休："观众朋友们，这里是太湖东岸，我市抗击台风的最前线。大家可以看到，风速和雨量都超级强劲。站在暴雨中，根本分不清哪是湖哪是岸，哪是水哪是天。从湖面上刮来的大风达到了十级左右，毫不夸张地说，完全可以把人刮上天。您可能会问，那你为什么还能站在地上呢？来，麻烦摄像老师摇一下镜头。请注意我的腰部，看见这根尼龙绳了吗，比我的手指还粗有没有？一头绑在我的腰上，另一头呢——请给旁边的柳树一个特写谢谢——另一头绑在柳树的腰上！哈哈，观众朋友们，我要起飞啰！"说完，她脚下一松，故意让自己随风摆荡，表情乐开了花，边笑边将钻进嘴巴的雨水吐出来。

徐柚没想到人在狂风暴雨中还可以这么欢腾，忍不住跟着傻笑，笑着笑着，体内的倾盆大雨淹没了面容。

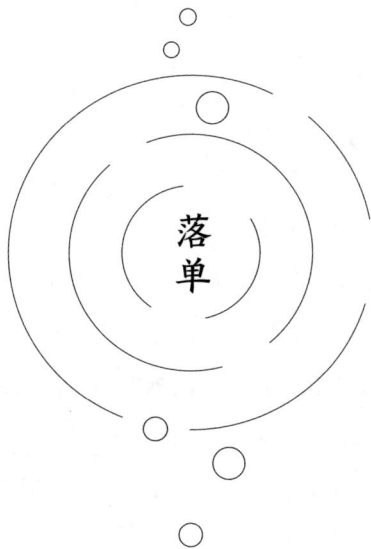

落
単

1

杜蕾死了，他什么都没了，好像那台重卡撞向的不是她，而是他，把他撞出了地球，成了广袤宇宙中一件孤零零的、渺小的漂浮物。

望着她四分五裂的、抽象油画般的尸体，他悄悄吁出一口窒闷之气，胸腔随即又被迷惘充满。

这些年来，她是他唯一的恒星，他的生命惴惴地围绕她运行。现在，她不再发号施令了，他连下一步该抬哪条腿都没主意了。

领回的遗物里有她的手机。残酷的玩笑。人都给撞成一堆烂肉了，手机却只磕瘪了一个角，拿到水龙头下冲冲，用拇指肚蹭掉凝固的血渍，竟然还能用。

他以前几乎从未碰过她的手机，而他的手机，她是三天两头检查的。下班回到家，他就得把手机掏出来，搁在茶几等醒目的地方，方便她随时查看。她禁止他设锁屏密码。他的QQ、微信、微博、淘宝的密码，她全知道，统一是她的昵称加生日。

有时，他在单位电脑上跟朋友聊QQ，正起劲呢，突然被动下线，朋友那头的对话框跳出一串来自他的没头没脑的谴责，就是她的杰作。

她是世界上最勤勉的言论审查员，只审查他一个，不管跟她有没有关系，她都要管，只要看着碍眼。

她的手机是设了锁屏密码的，是什么，他不知道。她的QQ、微信、微博、淘宝的密码，他全都不知道。针对这明火执仗的不公平，他抗议过，结果是，她比他还恼火。

她是个自律的女人，婚后一心扑在家庭和工作上；而他，却有过试图勾引女人的前科。他还有些个狐朋狗友，变着法儿地怂恿他犯错。她对他的审查，是必要的监督；他对她的质疑，则是贼性不改、无理取闹。

他心平气和地想想，她的指责不无道理。他其实并不想看她的手机，或者别的社交工具，跟她讲公平，只是也想要隐私空间。为什么要隐私空间呢？没错，他想背着她干点什么，这是一种难以遏制的本能。

他承认她是对的，但彻底放弃抗争，是在她怀孕之后。

2

婚后五六年，杜蕾一直没怀上孩子。检查下来，是他的问题。这也是造成他们关系不平等的重要原因——至少他一向是这么认为的。他有求于她，也有愧于她，自然对她百般巴结。他父母对她还要巴结些呢。

总算结实地怀上了，过了三个月不稳定期，糖筛也过了。星期天，陪她孵在家里。他的视线拂过她微鼓的小腹，温柔地驻留了片刻，然后转向窗外。

浅蓝的天幕上，轻盈的白云小学生似的，稀稀拉拉结队而过。他的心口漾起一缕略带惆怅的满足。

"就这么过完一生，也不算太糟吧？"他站在卧室的飘窗前想道。

忽然，他的手机飞了过来，撞在飘窗的大理石台沿上，随即跌翻在地板上。

她用蜂针般的眼神向他发出指令。他顺从地捡起手机，查看惹毛她的短信。

是隔壁办公室的女同事小张发来的，让他明早上班顺她一下。

"刚好顺路。"他嗫嚅道。

她不吭声。

"我跟她说我明天不开车好了。"

她转身走出卧室。

他回完短信，冲手机屏幕尴尬地笑笑，好像小张能看见并体谅他的窘境似的。

他同小张不过是偶尔中午一道吃工作餐的交情。事实上，走出校门以来，他跟所有的女同事、女同学、女邻居、女网友、女路人，都没有发生过丝毫实质性的瓜葛，真的没有。

他不缺爱。他从她那里得到的爱够多了，多到害怕。他缺的是性，毫无负担的性。他宁愿去嫖，但也只是想想。

如果精神出轨也算数，他已经出轨一亿次了；如果不算，他的出轨对象就只有那个波多野结衣的真人倒模，"双十一"花四百九十九块在淘宝上买的，锁在办公室的抽屉里，独自加夜班的时候取出来解解馋。

"你立刻跟叶之实绝交！"她再次出现在卧室门口。

这跟叶之实有什么关系？他很困惑。

叶之实是他高中时期最要好的哥们儿，目前是一家巴掌大的汽修店的合伙人，感情生活比较混乱——准确地讲是无能，三十大几的人了，只谈过两场恋爱，就弄得声名狼藉，沦为朋友圈里可耻又可笑的登徒子。

出于心照不宣的相互同情，他跟叶之实不论在社交工具上，还是私下见面时，都只谈时事新闻、房产汽车等物质层面的话题，从不涉及男女之事。换句话说，天底下所有人都有可能把他带坏，叶之实绝不可能。那是个反面典型啊。叶之实永远懊丧着的眉宇间，仿佛贴了张隐形符咒，写着"别学我"三个字。

尽管内心无比抵触，对她的专横，他总是抵触的，几乎成了条件反射，但他还是点了头——这也是条件反射。

"那你现在就当着我的面给他打电话，宣布绝交！"

"他会以为我是开玩笑的。"他谄媚地笑道。

她横了他一眼，疾步走开，不久又返回原地，手上多了个葡萄酒瓶。

他头皮一阵发麻：她想干什么？

她把酒瓶横在身体前面，作势要抽向自己的小腹，"你不跟他绝交，我就把孩子打掉！"

他朝她扑过去，像马戏团里扑向道具的狗。

她轻易地避开了，酒瓶仍牢牢握在手中，威胁着自己的子宫："我知道你不在乎这个孩子，但你最好为你爸想想。"

他父亲有高血压，已中过一次风，自从知道了孙子的存在，就视之为世间仅有的续命仙丹。

他其实并不怎么在乎父亲的生死，所以才在别人面前显得格外在乎。相反，对素未谋面的孩子，他倒不自觉地产生了挥之不去的怜爱，好像那真是他的心头肉似的。

"你怎么可以这么残忍？他也是你的孩子啊！"他战战地望着她的小腹，如同望着一名蒙冤候斩的囚犯。

"你知道我是为你好，为这个家好，自然也是为孩子好。爸妈不和睦的家庭，不来还好些。再说，要不要这个孩子，决定权在你。"

他彻底软和下来，像根煮烂了的面条。

他给叶之实打了电话，没头没脑地宣布绝交，没等对方回过神来，就挂断了。紧接着，他又依她的吩咐，将叶之实的手机号和其他通信工具的账号统统拉进了黑名单。

一步步进行着这些荒谬的操作，他有种在电影里扮演杀人分尸者的错觉。处理完最后一坨"尸块"，他讪讪地说："他不会当真的，这太像恶作剧了。"

"他会当真的，只要你今后不主动找他，他找你，你也不搭理他。"她说，"你有没有偷偷找他，别以为我不知道！"

他抿了抿嘴，不再争辩，喉结爬了两下，跌回原位。

她脸上的阴云消失了，代之以妩媚的笑容，毫无过渡，果断刚烈的女汉子就变成了娇憨哆糯的少妇，弱柳扶风似的朝他袭过来，把他拖向床上放倒，为他脱去衣裤，熟练地安慰他的肉体。

他对她这一套了如指掌。这个极有心机的女人，仿佛天生精通制服男人的秘诀，打一巴掌揉三揉，一顿棍棒接三根胡萝卜。

他恨透她了。她此时的媚态恶心极了，简直是场噩梦。

他暗暗命令身体不要起反应。这是他自尊心最后的阵地。他告诉自己她不是美女，事实上她偏难看，脸盘像南瓜，鼻子像蒜头，贴着他的身体左右摇摆的脑袋，活像一只在雨后的草坪上滚动的、已经用了好多年的旧足球。

然而，切齿咒骂她的同时，他还是失陷了。他整个被掏空了，从身体到灵魂，通通被她吸光了。他憎恶自己，鄙视自己，但也只能憎恶着、鄙视着。

在其他情形下，她又胁迫他跟另外几个朋友断绝了往来。那些人，都是她认定有可能带坏他的。不知不觉，他的羽翼被她剪除净尽。他荒凉的星球上，她成了他唯一的依赖。回顾所来径，苍苍横翠微，除了脊背发凉，他也迷惑不解：我怎么会无一例外地节节败退的呢？

闹不明白，那就这样吧，她也并非全无道理。他们确实都不是什么善茬儿，多多少少都干过些搬不上台面的勾当，理论上确实有把他引向歧路的可能。

他讨厌做圣人，却被她生生逼成了一个被动的圣人。不管内心藏着多少阴暗、多少龌龊，客观上，他成了机关上下罕见的生活作风零瑕疵的人——除非使用性玩具也算违纪。

这一定是有好处的。这方面的缺憾一定会在别的方面得到补偿。他不是部门最年轻的副处吗？她并非全无道理。

3

他承认杜蕾确有过人之处，可听着别人无节制地赞美她，他还是怒不可遏。

整容师一定费了不少工夫，才把她重新缝缀成人形。她平躺在殡仪馆的告别厅里，像一个硕大的手工布偶，头脸和脖子上爬着几条半透明的蜈蚣；身上八成也有，但被衣服和被子包裹住了，看不见。

如果她仍有知觉，一定躺得很难受，他想，不过也说不定。

几十号人围绕她肃立着，亲戚、同事、朋友，以及扮作朋友的敌人。他离她最近。念悼词的是他们单位一个姓周的分管副局长。——躺在这儿的是位尽心尽职的公务员、平易近人的基层干部、美丽善良的女人、温婉的妻子、慈爱的母亲、值得交心的朋友……诸如此类的鬼话。

"够了，去你妈的！"他在心底怒吼，"你怎么知道她是怎样的女人？你又没跟她一起生活过！你们永远想不到她是怎样的女人！"

他默默重复着这些话，情绪渐渐平静了些，又偷偷瞥了一眼她破碎的脸、微闭的眼。

她已经死了，但他依旧忌惮她。这一发现如一阵风，再次煽旺了他心头的火。

他恨不得将为她掉的眼泪一颗一颗拾起来，塞回眼睛里。

4

他得到了一个礼拜的丧假。他本不想请这么久，是领导作为额外福利硬派给他的。

他把儿子送去了幼儿园，独自回到家，盘腿陷在沙发里，手上握着她的手机，心窝渗出一股隐秘的欢喜，就像最人微言轻的王子突然接到了继承王位的诏书。

她的手机现在归他所有了，他想怎么处置都行。

他自然想看看里面有些什么。他试了她的生日、儿子的生日、他的生日、他们生日的组合、他们的结婚纪念日等等。全不对。他横竖破解不了她手机的锁屏密码。

半个小时后，他想到了指纹解锁。虽然她的手指已经烧成了灰，家里几份出租房子的合同上还留着她的指印，不妨试一试。

他中奖了，阿里巴巴的宝藏向他敞开了。

他意识到，这么多年，他一直在骗自己，反复告诉自己她没有秘密，她不可能有秘密。她绝大部分的精力都用在管束他和儿子、用在卖力工作争取升迁上了，哪还腾得出工夫经营什么秘密？可事实上，他的脑海里一直漂浮着怀疑的冰山，在岁月之流中日渐崔嵬。

他的怀疑是准确的。儿子不是他的。那么多年都没怀上，医生始终没有拿出有把握的治疗方案，怎么可能说怀就怀上呢？况且儿子一点也不像他，一岁的时候不像，五岁的时候更不像。虽说儿子一般都不太像父亲，可这么一种不像法，他又不是真傻。

他曾偷偷将儿子的胎毛笔塞进公文包，准备送去做 DNA 检测，想想未免太猥琐，又悄悄放回了原处。仅仅是觉得猥琐吗？更主要的原因恐怕是没有勇气面对真相吧。此刻他便懊悔打开了她的手机，随即又为这份懊悔而鄙视自己。

日复一日，几乎从未间断，她跟一个未存入电话簿的陌生号码谈论他们的儿子——不，是她和那个人的儿子——谈论他的健康、他的教育、他的将来……将来要不要公开真实身份、以何种方式公开、如何应对可能出现的种种舆论……

她和陌生号码也吵架。陌生号码竟然也怀疑过儿子不是自己的。他指责她对他不忠。他手里握有她跟另一个男人偷欢的证据。她愤怒地表示自己并没有忠实于他的义务……

他们又和好如初，继续谈论他们的儿子……

他们从未谈到过他，一次都没有，一个字都没有。他们视他如无物。

她的秘密此刻就大剌剌地铺展在他面前，如同常见的坏小孩坦率的表情，无耻中透着无辜。

最初的愤怒已经消退，使他怀疑这愤怒并非出自真心，只是伦理道德规定的动作。

那陌生号码虽未录入姓名，但从他们交谈的字里行间，他已锁定了它的主人，不会弄错，就是那个念悼词的。

"我错了。"他自嘲地笑笑，"杜蕾是个怎样的女人，或许他比我更了解。"

但他立刻又改变了看法。还是自己更了解她。从大三那年开始约会，他就对她知根知底了。她也是他从别人身边偷来的，自然还有可能被另外的别人偷去。

他只是搞不懂自己为什么要假装不了解她。是性格使然，还是确实爱她，深得超乎自己想象？这一切不合理的表象，其实都是爱她的表现？那么她对他不近情理的禁锢呢？是她爱他的表现吗，或者只是先发制人的掩饰？

他没心情去细算这笔糊涂账。他莽撞地打开了她的秘密。此刻它正咄咄逼人，逼着他作出反应。

向纪委揭发姓周的，毁掉他的仕途？把孩子还给他，问他索要这些年的抚养费？

他立刻否定了这不假思索的计划。这是下等人的风格。

他不清楚姓周的背后有什么，不确定自己能不能扳倒他。

能又怎样？自己也会沦为笑柄的。姓周的失去的，自己也得不到，却永远结下了这门仇。

私下找姓周的谈谈，告诉他自己握着他的把柄，逼他运动资源关照自己，或者干脆敲笔巨款？

他未必买账，弄不好会主动建议自己去检举揭发他，他搞得定。

这就又回到了第一个问题。

半个下午，够他琢磨透了。

最明智的做法是假装不知道，什么都不做。

这样，她还是值得同情的好女人，他还是值得托付的好男人。他可以心安理得继承她的遗产。此外，他们的儿子还在他手里，虽然他不能对孩子做什么，起码他们的孩子在他手里。

他咬牙切齿地想道，下意识地摁亮手机看时间，四点差十分，该去幼儿园接孩子了。他把手机重重地摔在沙发上，起身出了门。

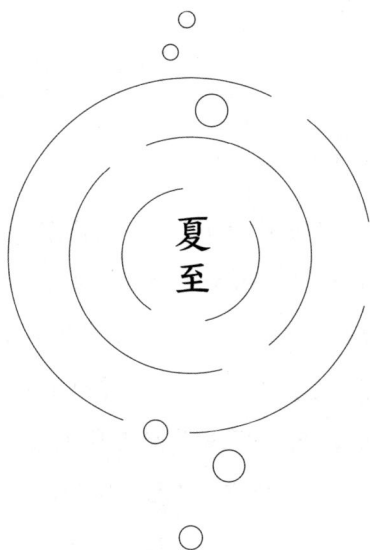

夏至

1

星期五下午，外婆抱着十六个月的娜娜，到幼儿园接了六岁的妮妮，搭地铁回闵行的老房子跟老头子团聚。自从妮妮进了幼儿园、娜娜断了母乳，这就成了她的生活规律。

一到老房子，老太太就给女儿吴希打电话，叮嘱道："你跟楚天两个人在家要好好的啊！"女儿不耐烦地答应了一句。挂掉电话，老太太自己也觉得有点没头没脑，女儿女婿最近蛮好的啊。

小两口都在公立三甲医院上班，吴希是住院部护士长，楚天在急诊部做医生。对楚天这个安徽农村出来的女婿，老太太总体上是满意的。虽说他在上海没有根基，性格也不四海，熬了快十年了，还只是个普通医师，但他为人踏实本分，女儿跟他做人家，锦衣玉食是不现实，维持个中游水平，安安逸逸一辈子，总不成问题。

结婚前，老头子就跟楚天明说了，将来得生两个孩子，小的要跟女方姓吴。不管楚天心里怎么想，总归是点了头。换作上海本地人，恐怕没这么好讲话，品貌学问肯定更比不上他。所以，还有什么可挑剔的呢？每次吴希冲他发脾气，指桑骂槐挖苦他，老太太隔门听见了，总替女儿感到歉疚。等他出了门，就急忙把女儿喊过来，狠狠说上一顿。

2

吴希和楚天虽在同一家医院上班，但分属不同的部门，作息时间也不同步，因此很少一起出门、回家，总是前脚后脚，各开各的车子。

这大半年，楚天几乎天天比吴希晚归。蛮正常的。女人工作再忙，总得顾着点家里的孩子；男人嘛，拼命工作挣钱才是理所应当。事实上，吴希从没想过这里头有什么正不正常的。

楚天到家时，吴希正斜躺在沙发上看美剧。屋里没开灯，电视是唯一的光源，花花绿绿的光束把吴希的脸照成了一张变幻不定的面具，有点滑稽，有点恐怖。楚天扫了她一眼，在黑暗中咬了咬嘴唇，伸手摁亮玄关的小灯，踏着微弱的光亮进了卫生间。

楚天洗了把脸，鼓励地凝望着镜子里的自己。这时背后传来了吴希兴奋的声音。

"下午刘院找我谈话，说党委会上通过了，要提我当护理部主任，下周一就宣布。"

"嗯。"楚天一动不动地应道。

"嗯是几个意思？"吴希竖眉瞪目闯进了镜子里。

"恭喜你。"

吴希不依不饶地怒视着他。

"值得庆祝，真心的，恭喜你。"楚天认真说道，侧身出了卫生间。

吴希追出两步，站在门框下高声说："少跟我阴阳怪气的！如果我也跟你一样得过且过，将来妮妮、娜娜连像样的学校都上不起！"

楚天停在卫生间与沙发之间，犹豫了片刻，转过身来。"其实我也有事要对你讲……"

吴希扶着门框，好半天才从眩晕中挣脱，确定楚天向自己提出了离婚。

我们的结合是在心智还不够成熟的年纪犯的一个错误。他说，我们不能把一辈子都葬送在一个错误上。回到正确的轨道，彼此都可以活得自在些。

我活得不自在吗？吴希在心里问自己。是的，虽然以前没想过这个问题，现在她感到不自在，很不自在，不自在得要爆炸。

"你是不是也学人家出轨了？"她强抑怒火调侃道。

他低下头，胸口一阵剧烈的起伏，然后点头道："是的，我爱上别人了，那种感觉跟你没有过，我第一次知道爱情是什么滋味……"

"你就作吧！"她冷笑。

"不是作……"

"给我滚出去！我不想知道你搞上了谁，你现在就滚到她床上去吧！"

"我想先把我们的事情说清楚……"

吴希猛然回身，抓起台盆柜上一只玻璃瓶扔向楚天。楚天脑袋一偏，玻璃瓶砸在对面墙上，接着闷声跌在地上。楚天匆匆夺门而逃。

3

吴希关了电视，陷在沙发里，头脑热烘烘嗡嗡响，像煤气灶上烧着的水铫子，心窝成了蚂蚁窝，上万只蚂蚁，躲暴雨似的，在窝里挤成一团，相互踩踏。

她闹不清自己此时的心情。愤怒、痛苦、羞耻，哪种占主导？她不知道。她只是说不出的难受，心里难受，身上也难受。

她挣扎着站起来，走进餐厅，打开冰箱，把那些可即食的食物——一块慕斯蛋糕、一袋德式烤肠、一大罐酸奶，包括外婆给妮妮买的一打果冻——统统扒拉出来，塞进垃圾桶似的，一股脑儿塞进自己胃里，好像这样能够镇压住坏心情。结果立马就呕吐起来。刚刚这一大堆食物，连同之前的晚餐、胃液、胆汁，全部倾泻在橡木地板上，部分又溅到腿肚子上，黏糊糊的，一如她心里的难受。呕吐物的酸臭气呛进口鼻，刺激了泪腺，泪水唰地淹没脸颊，她便就势哭出声来。

哭了好半天，一个念头悄悄钻出来：刚才这通折腾，恐怕带有表演性质吧——蓄意要扮演一个受到坏男人伤害因而伤心欲绝的弱女子的角色。可是，这屋里就自己一个人，表演给谁看呢？这样想着，她便讪讪地收了泪，开始清理呕吐物。

她渐渐缓过神来。她确实被他伤了心。他怎么可以提离婚，并且借口移情别恋呢？一定不是真的。绝不可能。

4

吴希是和楚天同一年进单位的，当然还有杭滨。两个月后，吴希就跟杭滨确立了恋爱关系。吴希知道楚天也喜欢自己。相貌和气质，她都是这批护士中最拔尖的，是个男人都会多看她几眼。她心里是有数的。但动心是一回事，敢不敢追是另一回事。

即便在楚天看来，也是杭滨跟她比较般配。这是楚天后来亲口讲的。

杭滨是上海本地人，父亲是正师级军官，在部队后勤部门管事；母亲是文工团的歌手，尽管没唱出名气，而且早不登台了，日常就打打麻将、炒炒股票啥的，不过在小范围的政商圈子里，还是颇受尊重的。

撇开家世背景，楚天也承认，杭滨确实比自己有魅力。虽然模样各花入各眼，但杭滨那份自信从容的气场，他是学不来的。

不过，魅力有时候不一定是好事。双方父母吃了饭，婚期已提上了日程，却发生了低级趣味的意外。

那天刮台风落暴雨，门诊楼冷清得像是大了五倍。吴希闲来无事，信步走向杭滨的诊室，不料推开门，劈面一道闪电。

接诊台后面坐着杭滨，接诊台上面坐着替他叫号的实习护士，网眼黑丝紧裹的长腿几乎杵在他脸上，躺在地上的两只高跟鞋像两艘侧翻的小船。

门被推开的瞬间，杭滨本能地缩回了手，但朦胧的眼神一时来不及聚焦。

"为什么不敲门？"他问得像个白痴一样。

后来回忆起来只觉得好笑，但当时完全被气疯了，坚决要分手。

"他们至少可以到里头那间去搞吧，太目中无人了！"

杭滨道歉苦求，杭滨父母苦劝，自己父母苦劝，通通不管用。

大家陆续沉默，代表无奈接受事实，于是情侣回到了陌路。这时她反倒失落了，心里的怨气还没宣泄完，怎么事情就好像过去了呢？明明是他对不起自己，怎么惩罚好像是平分了呢？她不甘心，很不甘心。

一天她去食堂吃午饭，注意到杭滨跟楚天面对面坐在临窗的一张四人餐桌前边吃边聊，忽然起了个念头，就端着餐盘走过去，在楚天旁边坐下，侧过脸，用蜂蜜奶茶般的口吻对楚天说："有人告诉我，你一直在暗恋我，是吗？"

楚天登时满脸通红，快速瞟了杭滨一眼，尴尬得说不出话。

杭滨哧哧笑道："我们分手有段日子了，你们如果能在一起，也蛮好的。"

她没想到杭滨会是这样的反应。他的大度又给了她一记耳光。她羞愤得想哭，于是压低声音冲楚天吼道："是就是，不是就不是，一个大男人，敢爱还不敢认？！"

5

楚天就这么取代了杭滨，跟吴希恋爱，贷款买房，结婚，然后就有了姓楚的妮妮和姓吴的娜娜。可是，从第一次约会起，吴希心里就别扭着，快十年了，依然没有完全挥散。

她有基本的理性，知道这份别扭源自双方生活习惯的巨大差异。吃饭咀嚼出声，喝汤也是；睡觉不脱袜子，不穿睡衣；洗脸不用洗面奶，用湿毛巾猛搓……这些他从安徽乡下带出来的习惯，每天都惹得她皱几十次眉头。而且他这个人，虽然态度上从不跟她针尖对麦芒，行为上却是十分顽固的。光是从外头回到家要先洗手这一项，她就花了五年时间、唠叨了上千遍，才植入他的意识。亏他还是个医生！

回首结婚十年，吴希一阵阵惊讶，一幕幕令她抓狂的情节和细节，自己竟然都忍了过来。父母对楚天的认可，固然是一重压力，使她不能由着性子来。随着年龄的增长，她自己对婚姻的看法，也是一年比一年清醒实用。

恋爱时再浪漫的情侣，同吃同住上几年，也会互相猫嫌狗厌的。晚上在一张被窝里排放浊气，早上张开眼睛，迎接自己的并非阳光和花香，而是枕边人眼睑上黄浊的眼屎，哪里还有兴致深情对视呢？大部分厌世的人，都是从厌恶伴侣开始的，可还是得顺其自然地活下去，活下去就得接受生活的庸常和不洁，婚姻不过是生活的一部分罢了。

吴希的父亲也不是上海本地人，母亲嫌了他大半辈子，直到两人都退了休，才算熬过了磨合期，有了点白头偕老的样子。在经营婚姻这个课题上，她是有家学的。家学的意思是，父母犯过的傻，自己不能再犯，父母没犯过的傻，自己更不能犯。

当初处理跟杭滨的关系，她已经任性过了。那时舆论是站在她这边的。如果再来一次，局面恐怕会微妙起来。所以，不管关起家门有多少龃龉、多少苦恼，在外人面前，她希望他们的婚姻是有声有色、和和美美的。心里再怎么嫌弃，也不妨碍她甘愿跟他共度一生。她做梦也没有想到，楚天也有可能嫌弃自己，并且不肯学自己将就。

"渣男！凤凰男！白眼狼！"她蜷缩在宽敞的双人床上，在心底凶巴巴地骂道。

他说他外头有人了，会是谁？他也跟杭滨一样搞上了实习生吗？或者女患者？还是……微信摇一摇摇到的某个吃饱了撑的"碧池"？

她在心里打了一百个叉。都不可能。她相信自己不是不愿面对，只是无法想象，他那样的一个人……她倒宁愿他是被某个新鲜女人迷昏了头，否则的话……即使没有"下一站"，他也不愿留在自己身边吗？

空想是徒劳的，得找人打听一下。他要真有了人，不可能不露出一丝马脚。吴希在脑海中把单位的熟人都过了一遍，随即生平头一次意识到，自己竟然没有一个完全信得过的朋友。

十年来，她对每个人都是一碗水端平的，从未想过编织自己的小圈子。她一直以此为傲，此时才醒悟自己有多蠢。她知道，不管向谁打听，都有让自己沦为谈资的危险。

她忽然想到了杭滨。四年前，一家民办医院的老板为了巴结杭滨的父亲，以五倍的薪资挖了他去当副院长。他一直跟以前处得不错的同事保持着联系，其中就有楚天。

杭滨八成知道楚天的秘密。虽然她跟杭滨的旧情早已杳如云烟，可不知为什么，她总觉得自己始终对他拥有一份特殊权利，因此没多想就拨通了杭滨的电话，坦率地道出了去电的目的。她确信杭滨不是那种喜欢搬弄口舌的人。

"我们之间从来不谈女人的。"杭滨说，"每次联系无非是谈谈业务啦、新闻啦、足球啦什么的。你问我他是不是有了情人。我不能说没有，因为我不知道嘛，所以不能替他打包票——或许有吧，一切皆有可能嘛。"

"你这话什么意思？"她顿时恼了，"我的男人就活该有情人？"

他忙赔笑："没什么没什么，只是纯粹的逻辑推理，你别动气嘛。我还有个会，回头再打给你好吗？"

他耐心等了一会儿。她识趣地挂掉了电话。

6

一个双休日浑浑噩噩过去了。吴希大部分时间都蜷在床上，饿得不行了，就爬起来胡乱吃点什么，吃三分吐两分，冰箱里的速食、橱柜里的干粮，不知不觉全消灭了。

星期天中午，她又下床找吃的，翻箱倒柜一无所获，便又倒回床上硬撑着。撑到下午三点多，胃开始频频抽搐，把胃液泵向喉咙。她只好起身、出门，去小区南门外的便利店买吃的。

阳光柔和，微风拂面，气温舒适宜人。吴希沿公寓东侧的河边疾走，然后折向小区中央的小公园，穿过去便是南门。

她感觉自己像是只浮在水面上的气球，轻飘无力，随着波纹微微起伏。忽然听见有人喊自己名字，声音有点耳熟。她定了定神，循声张望，半天才注意到，不远处紫藤架下两溜长凳前，聚着一群老头老太，有的站着，有的坐着，有的一只脚踩在长凳上，都笑盈盈地瞧着她。

喊她的是住对门的张阿姨。她看见张阿姨从长凳上站起来，笑着冲自己招手，只得硬着头皮走过去。

"前天晚上小两口闹别扭了是不是？"张阿姨说，"我刚好跳完舞回去，走到楼下就听见你们家里乒乒乓乓，过后就撞见小楚黑着张脸奔下来，看见我也没打招呼就走了。——后来回来没有？"

吴希面孔烫得像两片火烧云。她努出一丝笑意，没搭腔。

张阿姨转而向邻居们介绍吴希家的情况，说他们小两口都是医生，都是教养很好的知识分子，大家今后身体哪儿不舒服，都可以去找他们。

吴希只想立刻消失，但又不便拔腿就走，脸上嘴上还得敷衍着，像掉进了马蜂窝一样难受。

"夫妻之间嘛,床头吵架床尾和的。"张阿姨回过头来开导她,"你们小两口,张阿姨都喜欢的,千万别学那种无清头的小年轻,弄弄就轻骨头闹离婚,好好的家庭说拆就拆。"

这个话题引起了共鸣,大家立马七嘴八舌议论开了,争相批判现在的年轻人家庭观念薄弱,拿婚姻当儿戏、当积木,拆来拆去,乱拼乱搭,弄得社会乌烟瘴气。越说越激愤,恨不得抓出一个负面典型批斗一番。张阿姨连忙回护吴希:"他们小两口我了解的,都是好人家的孩子,绝对不会胡来的。"

吴希咬了咬牙,像个犯了错的小学生,轻声说:"我还有点急事,下次再找你们聊天。"说着踉跄逃开,小跑到便利店门口,发现自己已完全没了吃东西的欲望,更不想进去跟人说话,便转身绕了个大圈,从小区东门回了家。

7

傍晚,外婆带着两个外孙女回来了,一进门就嗅出气氛不对。窗帘掩着大半,客厅光线昏暗,不见人影子。妮妮连喊几声妈妈,吴希的声音才从主卧悠出来,有气无力带着颤。

老太太一颗心直往下坠。预感真准,两人果然闹气了。她抱着娜娜走进主卧,准备说女儿几句,瞧见女儿憔悴的面容,怒气顿时消了,柔声问:"楚天呢?"

"出差了。"吴希囫囵答道。

"去哪儿了？什么时候回来？"

吴希不作声。

老太太知道问不出名堂，就把娜娜放在吴希枕边，回到客厅，给楚天打电话。

楚天坦陈了要离婚的事，再三道歉，但语气坚决。

"我跟吴希的事，你就别问了。不管发生什么，你永远是妮妮娜娜的外婆，我也永远把你当妈孝敬。"

"我不要你做儿子，那是哄人的，我只要你做女婿。"老太太说，"这些年吴希给你受的委屈，我和她爸心里有数。你也看到了，我们都是向着你的。你现在突然来这么一下子，哎哟，太伤老人的心了……"嘟嘟嚷嚷半天，说得自己真伤了心，偏过头抹起了眼泪。

电话那头，楚天一言不发。

妮妮远远站着，困惑地望着外婆。外婆招手叫她过来，把电话塞她手里，让她喊爸爸回家。结果楚天只叮嘱女儿听外婆和妈妈的话，就挂了电话。

祖孙二人面面相觑。这时吴希的声音似冷风吹来："要作死随便他，那么多废话干吗？"说着进了卫生间，重重地关上门。

打开门的时候，吴希看见母亲牵着妮妮站在卫生间门口，哀怨地望着自己。

"你这孩子啊，吃亏就吃亏在一张嘴上。"母亲说，"明天去单位，好声好气劝他回来，事情就过去了。听妈的话，啊？"

8

这是入职以来最重要的一次升迁，然而，周一早晨，在中层以上才够资格参加的例会上，刘院长宣布这一消息后，吴希却一丝兴奋的感觉也没有；相反，面对集体投注的目光和刺耳的掌声，她感到全身的肌肤都火辣辣地疼，像被看不见的文火炙烤着。

刘院长添油加醋表彰了她的工作业绩，说她这些年为了忙事业，在家庭上牺牲了很多。为什么要这样讲呢？吴希听出了挪揄的意味。恐怕楚天要离婚的事，早就不是秘密了吧？

刘院长还称赞她安排工作严谨公正，对待下属一视同仁，从来不搞小团体主义。她恍然大悟，原来领导屡次提拔她，并非真的欣赏她的才干，只是因为所有人都不喜欢她，这样的部下容易控制。

不知过了多久，她终于逃出会议室，回住院部交接工作。住院部并不比会议室好多少，这个过去三年消耗了她大部分生命的地方，现在也成了烈焰灼人的地狱。

她们都听说了。她刚一露面，她们便放下手头的活儿，集中到护士站前面的空地上，围成弧形拍手欢送她，其中一个还代表部门献了一捧康乃馨。她们都怀着送瘟神的心情吧？她感到一阵缺氧。

躲进更衣室收拾东西的时候，她总算得到了片刻的安静。她恨不得永远都不要出去，恨不得立刻发生地震，把这个没有窗户的房间从整幢大楼中震脱，埋入地层深处。可是，她最多只能待十分钟。超过十分钟不出去，她们又该议论她举止反常了。

正要拉门出去，她注意到门旁的墙角里躺着一只白色药瓶。用不着捡起来细瞧，她一秒钟就认出来了，是瓶氯化钾溶液。虽说是很普通的药品，但像这样乱丢，总归是失职。在自己管理了三年的部门，还有人犯这样低级的错误，令她大为光火。

她皱着眉弯腰捡起药瓶，蓦然想到，她们并非疏忽大意，而是故意挑衅，这才是她们想要送给她的贺礼。一整条冰河涌进身体，瞬间浇灭了怒火，只剩下凛冽的悲哀。她把药瓶随手塞进包里，一声不响离开了住院楼。

9

一直到下班，吴希都处于飘忽状态，脑子里乱哄哄的像涨潮，数不清的鱼啊虾啊拼命地跳，一条也跳不出来。

搬进新办公室的头一天，虽然是独立的一间，却不断有人来串门子套近乎，争相在第一时间巴结新老大。她一律漫应着，连每次进来的是谁都没看清楚。

要不要听从母亲的嘱咐，放低身段去劝楚天回家？她为此踌躇了一整天。

可以打电话，也可以发短信、发微信、发 QQ……在这个时代，联系一个人的方法太多了。可是，万一他不接电话也不回短信、微信、QQ 怎么办？难不成再打第二个，再发第二条？

她无法想象自己这么死乞白赖。还是当面锣对面鼓比较保险。吴希想，他总不至于对我视而不见吧？

午后和黄昏，吴希两次逼着自己往急诊楼走，走到一半又都逃了回来。路上遇到的每一个同事，见了她都停下脚步，微笑着向她行注目礼。每一双射过来的目光，都令她浑身一激灵。他们都在等着看笑话吧？尤其是那些小护士，楚天的情人，就是她们中某一个吧？——也可能几个都是。

吴希查了急诊部当天的排班表，楚天夜里十一点交班。她问自己要不要等。那个钟点就不大会有人注意到她了。她没有回答自己，犹犹豫豫中，时间就到了。她匆忙抓起包，奔下楼梯，向急诊楼跑去，像个赶飞机的旅人。

她一眼就发现了他。急诊楼一楼西北角的"全家"便利店里，他独自坐在简易长桌的一端，面朝落地玻璃墙，专心吃着一份便当。

她在十几步外的花圃前停下了，隔着一丛乱蓬蓬的金丝桃打量他。他在明，她在暗。她好久没这么认真看过他了。上次是什么时候？她不记得了。

或许是灯光的关系，他的鬓角发灰，面容也是灰的，像某种石材，使他看起来比实际年龄老很多。他像条孤身迷失于海底的鱼，找不到出路，只得在珊瑚的森林中静静地衰老。

她还是头一次感受到他的孤独，像冷不丁推开一扇封闭多年的门，浓浊的灰尘袭面而来，使她眼鼻酸胀，心口阵阵钝痛，接着渗出稳稳的喜悦。

此刻她是百分百心甘情愿的了。她愿意温言软语劝他回家，低声下气也成，就当十年来的一次补偿吧。一次自然是不够的，两次，三次，她都愿意。

他要的不过是关心与理解，并非新鲜与刺激。她彻底想通了，也认同他的索求。共同生活这十年，她的眼里心里只有自己，最多再挤进两个孩子，对他确实太过忽视了。现在她认识到了，愿意补偿，彼此的心结就可以顺理成章化解掉了。

她隔着十来米尾随他，一路跟进地下停车场，直到他拉开车门，她才忍不住喊出声来："喂！"

他回过头，惊讶地望着她。她的脸顿时绯红，像第一次约会的小姑娘。

"闹够了没有？闹够了就回家吧。"娇嗔的口气。

"我不是闹情绪啊。"他苦笑了一下，柔声道，"不早了，回去休息吧。周五他们不在，我过去取东西，到时候再谈。"

眼巴巴望着他的车驶出了停车场，她不知道自己心里是什么滋味，也不记得自己是怎么回家的。

10

漫长而跌宕的一周，却像没人碰过的床单，看不出一道褶痕。

吴希有时兴奋难抑，像个婚期临近的准新娘。既然问题出在自己身上，自己改变了，危机自然就解除了。正这么宽慰自己，心情忽然又跌至谷底，慌忙掐断思绪。

母亲婉转打听情况，她痛痛快快地答道："没事了，耍了小性子，他一时半会儿不好意思见你，礼拜五你们不在的时候，他就悄悄回来了。"

妮妮几次挨过来，想问爸爸去哪儿了，又不敢问。她假装没读懂女儿的眼神，五脏六腑有如锥刺。

每天出入小区，她都小心翼翼如同做贼，生怕遇上张阿姨和其他热心肠的邻居。

本周依惯例要主持一次部门全员会议的，她以一个自己都没听懂的借口拖到了下周。

一切等下周回到正轨了再说吧。她暗下决心，必须在这周拔掉彼此之间的刺。有这根刺在，她坐立寝食，怎么都找不到舒服的姿势，更没有心情处理任何事。

她无法想象他们以非夫妻的关系相处，无法想象他们以非夫妻的关系出现在第三个人面前。哪怕跪下来求他，也得把他求回来。他一定会答应的。他不是那种顽固的人。她还记得他当初追求自己时自卑局促的模样，何况已经有了两个可爱的女儿。她有十足的信心。

11

星期五下午四点钟左右，母亲带两个孙女回老房子之前，打电话对吴希说，她擀了面条放在餐桌上，用纱罩罩着，拌面的佐料洗净切好搁在料理台上，让吴希下班喊楚天一道回来做冷面吃。

"今天是夏至节，不作兴在外头吃的哦。"

吴希怔了一下，想起从小到大，几乎每年夏至都会吃母亲亲手擀亲手下亲手拌的冷面，滑而韧的面条，拌入黄瓜丝、胡萝卜丝，淋上花生酱。以前她没觉得有多好吃，反而因为母亲年年如此，感到上辈人的生活程式化得好笑。父亲总是边吃边赞，满足的表情显得那样浮夸，在她看来是刻意取悦母亲。后来又加入一个楚天，也是吃得啧啧有声，幸福感汪在脸上。她一向是看不上他那副廉价模样的。可是，那些画面此刻浮现在眼前，她竟不由得咽了下口水，仿佛母亲的冷面的确是人间无上的美味，美味到近乎可望而不可即。

一到换班时间，她囫囵交代了几句，便匆匆赶回家，依着记忆中母亲的一招一式，熟练而笨拙地做出了一大盆冷面，冰镇在凉水中。自己先尝了一口，味道还不坏。面条裹着花生酱顺着食道游入胃袋，柔顺得令人悸动，又微微作痒。

想着这是自己头一回为老公做冷面，也是头一回为老公下厨，她的心口胀满了害臊的喜悦，等待的忐忑则让她感觉心脏仿佛在耳朵里跳。不知所措了好一会儿过后，她走进了卫生间，洗净了手，开始细细地化妆。

天光完全被街灯的光线取代的时候，终于传来了锁芯转动的响声。

"我那口大箱子搁哪儿的？"楚天一进门便问。

快步迎上来的吴希身体里轰隆隆一阵闷响，那个小心翼翼搭起来的东西瞬间塌掉了。

他压根儿没打算来一次恳谈，听听她心里的声音。哪怕是忏悔，他也没兴趣。他甚至没注意到她精心化的妆。她以前在家从不化妆的。他更没在意今天是夏至节。他的眼里已经没有她了。他已经把她当作一本旧书翻过去了。他是铁了心非走不可的了。

她明白，到了这个份儿上，努力挽回，只会丧失得更没尊严。于是，她深吸一口气，尽力平静地回答了他的问题。

果然，他再没有多余的话，找出箱子就钻进卧室去收拾衣物了。

这口二十九寸银色拉杆箱，是结婚那年去马尔代夫之前买的，是属于他们两个人的。他肯定是不记得了。

开关衣橱的声音、推拉抽屉的声音、翻找东西的声音、移动脚步的声音……一个赶着一个从卧室里传出来。

他就这么迫不及待要逃走吗？睡了这么多年的房间，就没有一样东西让他产生片刻的留恋或者犹豫吗？

那个一直竭力压制的念头，忽然大步流星奔到她的脑海中央，稳稳立定就不动了。

其实根本就没有压制成功过，她随即意识到，虽然不去想它，该准备的都准备了。

他终于从房间出来了，额头上挂着细密的汗珠，拖着鼓囊囊的拉杆箱，仿佛把整个人生都塞在里头了，一副大功告成如释重负的表情。

那天夜里确实是灯光的关系，他的头发黑亮得很，像盛夏的草原。跟他聊秋天的事情，他怕是听不懂吧？

吴希在面对卧室门的单人沙发上坐着，安静得像盆水仙。

"今天夏至。"她说。

"嗯。"

楚天冲她局促地笑了笑。她便也回敬了一抹笑容。

"吃了冷面再走吧。妈关照的。"声音温柔得连她自己都惊讶。

楚天面有难色，踌躇了一会儿，点点头，挨着防盗门放下箱子，好像这样逃出去方便些，然后走过来，在正对电视的三人沙发上坐下。

吴希起身去了厨房，几分钟后，端着一盘拌匀的冷面回来，轻轻搁在楚天面前的茶几上，把筷子递到他手上。

楚天接过筷子，斯斯文文地吃了几口，没有吃出响声，更没有评价口味，过后停住，侧过脸来对吴希说："看到你今天的状态我就放心了……"

"吃。"

楚天只好又斯斯文文吃了几口，再次停住，接着说："你想通了，对吧？这样最好，我也不用多说了。其实说也说不清楚。有些夫妻之间的问题，外人是看不出来的，只有身在其中，才能体会到那种痛苦……"

他望着吴希，等待她积极回应。

吴希抿嘴笑了笑："吃完再说吧。"

楚天只好一鼓作气全吃光，然后大功告成似的放下碗筷，长叹一声道："这些年真的好累，每一天都好累，我想你也是吧？"他闭着嘴，用舌头打扫了一圈牙龈，向后靠去，仰在沙发背上，闭上眼睛，长舒出一口气。

"累了就躺会儿吧。"

吴希收拾碗筷走进厨房，弯腰将碗筷轻轻塞进垃圾桶，又将余下的冷面一股脑儿往垃圾桶里倒，因为手抖的关系，部分撒在了地上。她懒得清理了，直起身，来到冰箱跟前，呆立了几分钟，拉开冷藏室的门，取出两支二十毫升的一次性注射器和那瓶氯化钾溶液，熟练地吸满了一支。

窗外夜色浓重，路灯微弱，窗玻璃上映着一个手握注射器的女人。

普通的透明液体，可以救命，也可以要命。可怜的人类，脆弱的、卑微的、轻如鸿毛的人类。

她凝视着自己幽暗的影子，内心涌动着难以名状的潮汐，手臂止不住地颤抖。

她看见搅拌在冷面里的思诺思粉末在他体内迅速扩散，扩散成了一场弥天大雾。她看见他在浓雾中仓皇奔逃，跑来跑去却仍在原地，不久便扑倒在地，昏然酣睡。

她回到客厅，将他放平在沙发上，挨着坐下，打量他的脸庞，耳边萦绕着他平匀的呼吸。

"真羡慕你啊。"她扯来一张餐巾纸，为他擦去嘴角残留的花生酱，轻声对他说，"即将怀着永远不会破灭的希望死去。"

这样想着，她的心情如大风后的湖面，慢慢恢复了平静。

她抓起他的手，看了看他的掌纹，没看出什么。翻过来，暗青色的血管交叉凸起在手背的皮肤底下，似乎瑟缩了一下，像一群不擅长捉迷藏的小孩。

她屏住呼吸，以最大的力气将二十毫升氯化钾推入了他的静脉，嘴里默念着："睡吧，我很快就来陪你。"

然而，他的眼睛和嘴巴同时猛地张开了，惊恐而贪婪地瞪着一切，好像要一口吞尽屋子里的空气。接着，他上身一挺，弹落在地板上，如同一条被扔在岸上的鲫鱼，首尾撅起，连续不断地拍打地板。

她本能地躲到单人沙发背后，惊惶万分地注视着他的垂死挣扎。

怎么会这样？药理她是懂的。先是进入深度睡眠，接着心脏骤停，跟注射死刑差不多，过程应该是平静安详的啊，应该是忧伤中透着喜乐的啊，怎么会这样呢？

他的五官扭曲而狰狞，身体固执地拍打着地板，不知要拍打到什么时候。

她无助极了，唯恐楼下的邻居听到动静上来敲门，慌忙找到遥控器打开电视，想借电视的嘈杂掩盖垂死肉身捶打人间的喧腾。

电视里正放一档音乐节目，荧屏跳亮的瞬间，刚巧切到陈奕迅的正面特写。"陈医生"扮着鬼脸杵到镜头跟前，用上海话掷出一句高音:"谢谢侬!"

她冷不丁双膝一软,瘫坐在地板上,半晌才缓过劲来,不由得双手抱头,食指抠进头发缝,心底在失声号啕,却发不出一分贝的声音。

她终于赶在发疯之前奔出了屋子,重重地摔上防盗门,生怕他会追出来似的。

谢天谢地,没碰到好奇的邻居。

跑出楼道,六月的暖风迎面吹来,她的头皮松弛了些,这才注意到,手里竟紧紧握着手机。即使在那样惊慌失措的情势下,依然存着一分理性。她被自己的心机震了一下。

她沿着树木葱茏的河岸往南走,心潮渐渐平复,脚步也渐渐慢下来。最后她在一条水泥长凳前停住了,背对河道坐下。

有那么一会儿,她感觉像在做梦,在梦里跑完了马拉松,不关心胜败,也别无他求,疲倦到极点,又说不出的安逸,只想好好睡上一觉,睡到天荒地老。可理智提醒她,这不是做梦,她陷入了最真实的现实,确定无疑,排除了一切别的可能,她必须将眼前唯一的路走到终点。

她拨通了母亲的电话,实在想不出婉转的措辞,便直截了当地说:"我害死他了。"

出乎意料,母亲没有激烈的反应,沉默片刻后,轻声说:"妮妮和娜娜都睡了。你爸下午去河边钓鱼受了凉,发低烧,也睡了。

就算我想过去帮你，也没这个能力啊。我又不会开车子，地铁也赶不上了……你自己看着办吧。"

打完一一〇，吴希彻底松弛下来。暖风在空气中懒洋洋地游动，树叶在头顶嘈嘈切切。她平日工作很忙，不大留心花草树木的，但河岸上这行树她认得，是江南最常见的香樟。

香樟是四季常青、随时落叶的。她坐着的这会儿，身上已落了几片叶子。她随手捡起一片，闻了一下，头一次发现，香樟叶还真是有股清香的，于是用力闻了又闻，眼泪跟着就下来了。

图书在版编目（CIP）数据

数青梅／胡弃暗著 .—北京：北京十月文艺出版
社，2019.8
ISBN 978-7-5302-1970-6

Ⅰ.①数… Ⅱ.①胡… Ⅲ.①短篇小说－小说集－中
国－当代 Ⅳ.① I247.7

中国版本图书馆 CIP 数据核字（2019）第 129575 号

数青梅
SHU QINGMEI
胡弃暗 著

出　　版　北京出版集团公司
　　　　　北京十月文艺出版社
地　　址　北京北三环中路 6 号
邮　　编　100120
网　　址　www.bph.com.cn
发　　行　新经典发行有限公司
　　　　　电话 (010)68423599
经　　销　新华书店
印　　刷　肥城新华印刷有限公司
版　　次　2019 年 8 月第 1 版
　　　　　2019 年 8 月第 1 次印刷
开　　本　850 毫米 ×1168 毫米　1/32
印　　张　9
字　　数　159 千字
书　　号　ISBN 978-7-5302-1970-6
定　　价　58.00 元
质量监督电话　010-58572393
如有印装质量问题，由本社负责调换。